a minha alma é irmã de deus

a minha alma é irmã de deus
raimundo carrero

EDITORA RECORD
RIO DE JANEIRO • SÃO PAULO
2009

CIP-BRASIL. CATALOGAÇÃO-NA-FONTE
SINDICATO NACIONAL DOS EDITORES DE LIVROS, RJ

C311m
    Carrero, Raimundo, 1947-
    A minha alma é irmã de Deus / Raimundo Carrero.
 - Rio de Janeiro : Record, 2009.

    ISBN 978-85-01-08664-8

    1. Romance brasileiro. I. Título.

09-3471.   CDD: 869.93
                                    CDU: 821.134.3(81)-3

Copyright © Raimundo Carrero, 2009

Capa: Carolina Vaz

Imagem de capa: Maria Mazzillo

Composição de miolo: Abreu's System

Texto revisado segundo o Novo Acordo Ortográfico
da Língua Portuguesa.

EDITORA AFILIADA

Direitos exclusivos desta edição reservados pela
EDITORA RECORD LTDA.
Rua Argentina 171 - Rio de Janeiro, RJ - 20921-380 - Tel: 2585-2000

Impresso no Brasil

ISBN 978-85-01-08664-8

PEDIDOS PELO REEMBOLSO POSTAL
Caixa Postal 23.052 - Rio de Janeiro, RJ - 20922-970

Creem poder realizar atos corporais quando, com efeito, não possuem corpo físico e agem em pensamento.

PARACELSO

Cinco imagens diferentes da mesma pessoa. Se fosse possível, tentaria descrever uma personagem assim, através de uma espécie de visão prismática. Por que será que não podemos ver mais de um perfil de uma só vez?

LAWRENCE DURRELL

Este livro é de Marilena

E das mulheres, Renata, Adriana, Nina e Nena

O autor recomenda a leitura desta narrativa das duas às seis horas, comungando-se da lenta passagem entre a sombra e a luz, que se tornará leve e melancólica no começo da manhã, quando a história atinge o momento de repouso e humildade. Ou leia-se das quatorze às dezoito horas, nesse instante em que as personagens ficam repletas de solidão, silêncio e sabedoria.

Noivos

Uma pessoa era uma comunidade inteira

Os Senhores do Lixo

— Camila, vá jogar o lixo fora.

Ela escutava ainda os passos no corredor quando, saindo do quarto, caminhava em direção à sala, no momento, agora, em que chega aqui, parada, de pé, tamborilando de leve os dedos na mesa escura, larga, sem toalha e ensebada, poucas cadeiras, na sala de paredes ásperas, em ruínas, num teto sem forro. Ali estavam três rostos de expectativa: uma boca quase sem dentes querendo sorrir, um nariz carcomido, e um queixo caído, tocando no peito. Cumpria-se o rito. Uma disciplina alimentar nem rígida nem permanente: às vezes sem café, às vezes sem pão, às vezes sem carne, às vezes sem nada. Por disciplina. E por hábito.

Naqueles dias vazios de comida olhavam-se, baixavam os olhos, rezavam. Bem poucas palavras, bem poucas, somente para agradecer a falta de alimentos. Leonardo na cabeceira, os ombros começando a cair, não admitia que faltassem à mesa pelo simples fato de não haver pão; os cabelos desalinhados, contido naquela maneira de falar sem erguer os olhos, e mastigando. Movia-o a dignidade da fome. O rosto sonolento, sempre sonolento, de embriaguez. E os lábios tão finos que se confundiam com a comida. Não raro, pensava que ele comia os próprios lábios.

Sangue Dividido

— Camila, vá jogar o lixo fora.
Ainda puxava a cadeira para se sentar quando ouviu a ordem. Repetida. Para que sentar se devia levar o lixo no terreiro? A frase era uma monótona formação de palavras, lentas e enfadonhas, feito se criasse um eco que batia nas janelas, circulando pela sala de paredes altas e sujas, a casa abandonada pelos donos fazia tempo. Primeiro foi Leonardo quem falou, e depois Raquel, a prostituta que se lambuzava no sexo não por gozo e prazer, não por dinheiro e agrado, mas porque tinha um corpo social.

Ouvira dela que se prostituíra não por atração carnal, mulher que se atira no fogo da luxúria, o desejo, vulgar, de me envolver com homens é algo permanente, sempre foi assim e não sinto vergonha, remorso ou arrependimento, orgulho-me de cumprir o meu destino, quero emprestar meu sangue para eles, que só experimentam a fome. Naquele instante, devia ter vindo da noite — a face limpa, encerada, sob os cabelos negros severamente penteados para trás, e os olhos cansados, encimados por sobrancelhas escuras, pintadas a lápis. O nariz arranhado. A boca mostrava um toque de batom remoto. Essa espécie de batom que se desfigura nos lábios, cor sobre cor: rósea e acinzentada.

Não Dizer Nada, Nunca

— Camila, vá jogar o lixo fora.

A modulação da voz a encantava, ainda entorpecida pelo sono, mais do que Raquel, e pela preguiça permanente, que se arrastava no corpo e no desejo. Acordara, enfim. Voltara-se para Alvarenga, o camelô que anunciava na corneta as sentenças dos Soldados da Pátria por Cristo. Amém? Amém. E que não falou. E ela ouviu. Não falou por escrúpulo e por humildade, era possuidor de uma humildade estratégica, mas por amor, por absoluto amor a Raquel. E não falou, não disse a frase, Camila porém era capaz de ouvi-la. Ele não dizia nada, nunca dizia nada, tocava a corneta. Para rezar ou para chamar os homens de Raquel. Era preciso que ela lhe concedesse licença quando precisava falar. Com um olhar; um gesto, um sinal.

Falaria somente para repetir Raquel, para dizer o mesmo que ela dissera, novamente, mas com a alegria de quem descobre a própria voz, afagando-a, acarinhando-a, olhando-a. Olhando-a com o espanto daqueles que pedem perdão. Mais do que pedem, imploram. Nem falava e já pedia desculpas. Até aguardou ainda um pouco que ele falasse. As palavras, contudo, e os ecos das palavras, começaram a sumir e, mais do que sumir, a afundar, ela podia ouvir as palavras afundando num poço. Afundavam lentamente, sem pressa, sem agonia. Estava certo. E com elas, o rosto de Alvarenga.

É uma ordem, então será cumprida.

Máscara Suspensa

Caminhava lenta, mais lenta, sem se preocupar com a tarefa, feito se diz bom dia. Um passo depois do outro, e outra vez, o chape-chape dos chinelos recomeçando. Recomeçando. Sempre. Entrou na cozinha depois de afastar a cortina de pano para apanhar o saco. Na verdade, não havia saco nenhum, mas folhas de papel de jornal. Ela recolhia pouca coisa, uma antiga borra de café, cascas de laranja, maçã comida ao meio, açúcar atraindo moscas no balcão de louças, palito de fósforo, tralhas, tralhas, tralhas, água suja na pia. O velho fogão num canto, coberto por uma toalha, ou por um lençol, a tampa caída, o pano de prato não passava de uma camisa antiga, antiga e rota, do pastor Leonardo, tantas vezes lavada e tantas vezes suja. Ela não gostava daquilo, e as mãos ardiam lavando, lavando sempre. Lavando sempre, a ponto de criar rachaduras nos dedos.

Aguardava a voz muito mais profunda de Alvarenga, o que não falou, com a intensidade da espera, mais profunda do que a de Leonardo e mais leve que a de Raquel. Não era nenhum fenômeno, nem mesmo gostava de fenômenos. Nada excepcional. Era mais fácil ouvir o camelô porque, depois da fala da mulher, ele ficava indeciso e ansioso, a boca aberta, esperando uma ordem de Raquel — só falaria, só falaria se lhe fizesse um sinal, talvez um aceno, um gesto, ainda que sutil. As palavras, com certeza, já estavam na garganta, prontas para atravessá-la. Não diria nada, no entanto. A expectativa no rosto, no rosto gordo e esperançoso, numa tentativa de sorriso. A tentativa de sorriso que ilumina, enfeita, inquieta e derrota a face. A boca parada, os olhos parados, a face parada.

Usava o boné de Papai Noel. Sempre.

Na Falta de Pão, Batom

Quando virão buscá-la? Quando?

Nem percebeu a água escorrendo e formando aquele rastro escuro no chão da cozinha clara, bem clara, os furos no forro e no telhado, janelas escancaradas, abrindo espaços para as frestas de sol forte, e paredes altas, de um amarelo queimado e áspero, amarelo acinzentado, as paredes mostravam-se sujas, em muitas partes, de uma fumaça preta, porque faltava gás e o fogo era feito com papel, gravetos e gasolina. Pouca gasolina, tomada de empréstimo, e nem sempre paga, a um frentista do posto ali perto. Quer dizer, nem era assim: Leonardo recorria a Raquel para que ela, só por um instante, transformasse seu corpo social em corpo econômico, usado como moeda para pagamento.

Andava agora, Camila andava lerda, o passo arrastado. As pernas longas. Ela sabe que tem as pernas longas. Longas e compassadas. Pernas de seriema. Elegantes e formosas, no jeito de caminhar. Não sendo alta, porém, de uma altura regular. Expressiva. Muito expressiva.

Na verdade, fora à sala de refeições tomar café, pela disciplina. Pela disciplina e pelo hábito. E pela fome. Que hábito? Podia passar muitos dias sem comer, não sentiria falta, jejuaria até, se fosse necessário, isto é, jejuava de qualquer maneira, ficaria dias inteiros sem comer, naquele ascetismo dos santos e dos mártires que, afinal, ela admirava tanto. Lia a vida de Santa Teresa de Lisieux, Senhor, sofrer e ser desprezada, a vida de Santa Teresa de Jesus, a alma não precisa consentir, ela já pertence ao Senhor, a vida de Santo Antônio, tornar-se mártir para conhecer o Senhor, e a vida de Maria, a Mãe de Deus, o encantado silêncio da humildade.

Ser humilde, sim, ser humilde, o que lhe causara um esforço imenso, a princípio, negando as necessidades do orgulho. Mas, não, não, da breve vaidade não conseguiu se livrar. Uma luta difícil, uma peleja tenaz. Até capitular. Entregou-se à pequena vaidade. Àquilo que ela chamava, no segredo do sangue, de a pequena vaidade. Assim como existia a pequena morte, o gozo do corpo, o prazer escorrendo no sangue, o coração aos saltos, era possível cultivar o pecado sem pecado, o que não deixa marcas. O prazer sem pecado, se era possível haver algum prazer sem pecado, mesmo aquele pequeno prazer de uma vaidade humilde. De um orgulho humilde. Porque precisava dele. E, é claro, esperava ser perdoada.

A humilde vaidade dos batons.

Fome Mística

Lembrava-se de que, em muitas manhãs, e só para não testemunhar a tristeza de Raquel, na falta de fregueses não havia moeda de troca, Alvarenga armava uma estratégia: apanhava os pedaços de pão no terreiro, os pedaços de pão que Leonardo ou ela própria, Camila, jogavam pela janela. Era pouco, muito pouco, mas restavam as migalhas. Recolhia-as, limpava-as, jogava-as na cesta. Mesmo assim, escasseavam. A casa tornava-se inquieta, quase não se falava, era impossível falar. Mais de uma vez o pastor saiu para procurar trabalho. E chorava, não desse choro escandaloso e barulhento, mas daquele choro sofrido que se escuta nas noites de insônia, bem quieta a noite. Enquanto Alvarenga, com o cesto na mão — creio que até com lágrimas nos olhos —, percorria o terreiro em busca de pedaços de pão. O pastor chorava, sentado na cadeira velha e rasgada, envolto num cobertor.

Isso foi no princípio. Logo quando ela chegou ali, chegou na casa-grande de Arcassanta, porque nos dias anteriores viveram em companhia de Dolores, somente de Dolores, no casarão da Praça Chora Menino. Ela ficara ali, guardada. Não quis e nem podia acompanhar o grupo. Também vivia com pouco dinheiro, que gastava no consumo de uísque e de cigarro, atirada nos sabores da solidão por ela própria construída, para não ser, para não ser nunca incomodada. Com o sequestro tiveram que invadir um cativeiro, onde a polícia não pudesse chegar com facilidade. E nem com dificuldade. De forma alguma. Dolores ficou. Entidade do passado.

Corpo Social

Todos tomam café da manhã por hábito ou porque são servidos pela divindade. Ou jejuam, jejuam sempre, dias seguidos, mesmo sem necessidade de sacrifício. Fome, ó fome, por que não somes? Ridículo. Sorria pelo ridículo. Adora o ridículo. Causa sempre um arrepio. Não é? Ela nem gostava daquilo, mas dizia, repetia, recitava. Escondia o sorriso com a mão. Só encontrava coisa melhor nos dramas dos circos. Há circos que ainda apresentam dramas, feito *Deus Lhe Pague*, com mendigo de barba postiça e tudo. Tigela de ágata, tilintar de moedas, e o derramar de palavras. Ó fome, ó fome. Ela recita, mão no peito, eloquente, à beira do monturo. Teatral. Imagina-se uma pedinte sentada na calçada, repetindo as palavras. Reclama-se, reclama dela mesma. E, no entanto, repete as palavras.

Inhame, mortadela, salame, pão.

Nem todos comem. A constatação óbvia. Nem todos tomam café, aliás. Os Soldados da Pátria por Cristo não pregam o jejum e, no entanto, jejuam, até que o camelô Alvarenga venda um produto qualquer na cidade e compre comida. E, mais tarde, com a ajuda de Raquel, a prostituta piedosa, faça uma espécie de feira rala. Muito rala. Ela, não raro, funcionava por caridade. Por absoluta caridade. Por dever cívico. Levava homens ao quarto da pensão no Bairro do Recife e, depois da função sexual, o desgraçado, bêbado, caía no choro se dizendo miserável, arrependido.

E por que arrependido? Não gostou do meu corpo social? Não, não, ela era tão bela e tão fogosa, era outro o motivo. Que motivo, meu filho, fale, não há nada que meus ouvidos não possam escutar? O problema, minha senhora, é que o dinheiro que estou lhe pagando está reservado para o leite das crianças, ó senhora, como sou um desgraçado. Era fodendo e chorando, chorando e fodendo. Ali mesmo, despidos e abraçados, choravam e repetiam a função, tantas vezes quanto o homem suportasse, sem nada pagar. Outros homens dormiam e ela pagava o quarto para que ninguém os incomodasse. Não permitia que os miseráveis fossem ainda mais miseráveis. De forma que todos só jejuavam quando não havia trabalho, capaz de interromper a missão do corpo social. Os da casa e os de fora. Os clientes, os fregueses, os parentes, os aderentes. Todos. Os que jejuavam e os que não jejuavam. A certeza de que a casa seria servida.

Era uma questão de trabalho. Muito trabalho.

Lixo e Luxo

Fez a volta pelo terreiro e parou. O rastro sujo não a acompanhava mais. Se olhasse para baixo, veria que os pés estavam imundos, alojados nas sandálias de tiras. Talvez fosse melhor ficar ali sentada, esquecida do mundo, no terreno abandonado, junto ao lixo, as pessoas da rua costumavam jogar sujeiras no local, os tonéis sempre abarrotados, porqueiras atiradas no chão. Ficaria por algum tempo. Sem dúvida invejava Raquel, essa mulher. Mas não conseguiria carregar tanto desprendimento e tanta humildade. Não era possível.

Conservava as unhas benfeitas, pintadas, tratadas, uma contradição: jogava-se nas roupas de qualquer maneira: vestidos longos e desajeitados, calças compridas rasgadas no joelho ou na coxa, ajeitava o cabelo de qualquer maneira fazendo um coque, que arrumava em cima da cabeça ou na nuca, atravessado por um pente, e o batom, ai, o batom, sempre e eternamente o batom de variadas cores. Compensava a vaidade dos lábios com a humildade das vestes. Talvez. Muito menina comprou, extasiada e feliz, um batom que havia na vitrine de uma loja na rua onde morava. Era um parco dinheiro, uma coisa tão barata, e teve que guardar moeda por moeda, até juntar o necessário.

Descobriu o encanto das mãos; o encanto das unhas.

Una, Diversa

Luxúria? Luxo? Aí temeu as sentenças do Senhor. Temeu, é verdade, como temia, na intimidade da alma, a presença, a pura presença de Ísis, e ainda ter de suportá-la quando eram uma só. Rejeitava. Rejeitava-a e a legião levava-a para os caminhos tortuosos. Às vezes, justiça seja dita, nem sentia. De repente, pensava, para enfrentar esse assunto, só Ísis. E saíam de mãos dadas, as duas numa só. Nos tempos que foram passando, nos remotos, nos tempos que não voltam mais, isso, isso, tenho que repetir para não esquecer: nos tempos que não voltam mais. E que ela implora, nos tempos que não voltam mais. Feito ninguém tivesse dito antes. Com a pureza de inauguração. De estreia.

Raquel tinha um corpo social, mas quem era sócia do próprio corpo era Ísis, a que agora está ausente. Corpo de um lado, corpo de outro. Corpo matéria, corpo palavra. Para que tanto corpo? Ao contrário das outras e dos outros, ela não conhece os limites de um corpo, ela não conhece os limites do corpo, os limites deste corpo, e pronto. Sobretudo quando se trata de sexo. Insaciada e insaciável. Mulher de luxo e luxúria. Pois foi ela, disse o pastor Leonardo, quem escolheu a casa-grande de Arcassanta. Sem que fizesse qualquer sinal, naquele instante na avenida, parou o carro, ainda nem entendi por que puxou o freio de mão, me arrastou pelo braço e, não tenha dúvida, nunca tenha dúvida, com relação a Ísis nunca tenha dúvida, entrou e disse é aqui, o reino dos Soldados da Pátria por Cristo começa aqui. E hoje.

Relvas e Folhas

Ela é legião.
 Ísis é legião. Legionária do sexo, sim, muito sexo, porque quando está em carícias levanta a cabeça de cabelos louros e escorreitos, os olhos se movem, lentamente, em pleno jogo da paixão, e alguma coisa, entre as pálpebras e a retina, começa a se alterar de uma tal forma, e de um tal encanto, dando a impressão de que na verdade os corpos se acasalam ali, movidos por uma sombria necessidade de mover o sangue para celebrar uma espécie rara de gozo, derramado, em seguida, à face, ao mesmo tempo, e um novo prazer se instala e se move na garganta, o pescoço dilatado e túmido, onde se situa um ai de gemido e de loucura.
 Depois, os seios. Os seios de Ísis são como dois montes que se agitam, possuídos pela ternura da pele e das carnes que se tornam leves e ainda mais leves, e ternas, e os bicos formam duas fontes de inquietação e de sombra, porque se agitam e agasalham os lábios que lhe tocam, com lentidão ou fúria, e recriam os densos, densos e assustadores, assustadores e intensos golpes de sangue, desse sangue pulsante que se espraia e se derrama para formar outro encanto de espasmos e de estremecimento. Espasmo e estremecimento que se movem para o ventre, o sutil e delicado, delicadíssimo ventre, ali onde o umbigo, o pequeno umbigo, lembra uma ilha, refinada e requintada, cercada por uma pele branda algo especialmente encantador, que é como a pluma das relvas, nas folhas molhadas, nos encantos da vibração e da ondulação, oferecendo-se ao belo movimento do delírio, que se renova, e que mais uma vez se renova.

Se renova no encontro da plenitude do amor pacífico ou tortuoso, secreto ou revelado, sério ou debochado, onde o corpo se une em pelo e pele, deslizando neste corpo esplêndido da luxúria e de uma espécie também muito esquisita de felicidade que se esconde mais do que se mostra, guardando a agonia do prazer e, ainda assim, toda fúria da espécie humana, apascentada ou irrompida em espasmos que morrem porque morrer é iluminação extremada da vida, desta vida que se inventa nas vozes encantadas mais distantes, nos ventos e nas tempestades, no imenso sol de desespero, dor e encantação.

Segredo nos Lábios

Foi Camila quem ensinou Raquel a usar batom, não só pela beleza, mas pela sedução mesmo, naquilo que chamava de carícia nos olhos pelos lábios, os lábios definem o rosto às vezes mais do que os olhos, compreenda, tudo tem um segredo, você sabe, não sabe, Raquel? tudo tem um segredo, e este, posso lhe garantir, posso lhe assegurar, é o segredo dos lábios: tons claros para o dia, você não é corpo social somente à noite, é?, você é corpo social durante o dia, repito, deve usar tons claros sobretudo nas variações de rosa.

Não, vermelho não, vermelho é lugar-comum e muito usado pelas prostitutas, pelas exibidas, pelas que querem mais morder do que beijar, as prostitutas, nem sei se é mais, sim, eu sei, não é mais prostituta, é garota de programa, mas fique calada, você tem um corpo de garota de programa social? Fique calada com a boca aberta, cuide bem disso, a preferência, então, é pelos batons ultrafixantes porque têm uma textura aveludada. Está bem? E ela, Camila, carregava muitos tipos e cores de batons na bolsa, na verdade uma bolsinha de couro com lenços, batons e nenhum lápis de pintura para os olhos.

Os olhos, não, os olhos não a incomodavam. Talvez gostasse de usar uns certos óculos. Talvez, um dia. Agora, não.

Desprotegida, ao Vento

Já comprara acetona e esmalte para guardar na cesta. E ainda batom, sempre muito batom, sobretudo aquele batom que impede as alergias. Por comodismo, para não sair, para não sair muito, só para levar o lixo. Foi a missão que recebeu desde o início, desde quando chegou na casa-grande de Arcassanta, sequestrada, numa aventura dessa todo mundo tem que ter uma missão, cumprindo direitinho, sem problema. Ainda na Chora Menino, depois do espetáculo da tentativa de suicídio, o chefe avisou a gente vai para a casa-grande, foi Ísis, Ísis é minha irmã, você sabe, não sabe?, quem invadiu uma residência lá em Casa Amarela, dessas bem antigas, com as portas quebradas, arrebentadas, e que os ricos abandonam para humilhar os pobres. Vamos aguardar o resgate, fique à vontade, não se desespere, será muito bem tratada aqui, se é que você precisa mesmo de tratamento, tão acostumada está com a vida e os dias. Logo estavam no casarão em ruínas, com batentes na entrada, sem porta e sem janelas, eles iam colocar pedaços de madeira e papelão.

Ficaria no quarto, sempre que pudesse, passando o batom e o esmalte, limpando as cavidades da unha com o cotonete. Tão simples, não é? Sentada na cama e as pernas na cadeira, toda entregue ao sol e à lua porque no quarto não havia forro nem telhado, pior do que na cozinha, que ainda tinha forro e telhado, apesar dos furos. Daí estava desprotegida ao vento e à chuva, com a absoluta convicção de que era protegida. A vantagem é que no quarto as paredes não estavam sujas, mesmo sem brilho, e a porta precisava ser amparada por um banco de madeira, para não cair.

Vem, Pai, Vem

Permanecia ali segura de que era uma prisioneira, sequestrada pelo bando de Leonardo. Agasalhada. Agasalhada e amada. Com o sol e com a lua. Com o vento e com a chuva. Teria grande prazer em ficar ali, quieta, quietíssima, o dia inteiro, e a noite inteira, se fosse necessário. Com a missão que lhe deram, no entanto, devia sair todos os dias cedo da manhã para levar o lixo no terreno abandonado, não precisava sequer que lhe mandassem, era muito determinada. Como está fazendo agora: sentada numa cadeira velha, com fome, a fome do corpo que escandaliza a alma, preparando-se para escolher o batom que está na bolsa amarrada na cintura, indecisa ainda, qual é a cor dos lábios de uma moça sequestrada e que joga o lixo aos animais, aos bichos, e às aves, sentada, numa manhã de sol preguiçoso, ainda nem de todo quente e nem de todo frio, certa de que o pai virá buscá-la, mesmo sem uma data determinada, e sem vontade? O pai não desejava buscá-la? Hein? Tão confortável assim igual às tardes em que comparecia à confeitaria para chás e torradas, depois do telefonema para os pais. Ou seja: para o pai, a mãe nunca atendia.

Qual é a cor?

Nos primeiros dias ainda telefonava. Saía sozinha para um lanche, Alvarenga lhe dava alguma coisa, moedas para o luxo. Hein, pai? Minha filha, você está falando baixo. Não posso falar mais alto, eles estão bem perto. Eles quem? Eles, pai, aqueles homens, aquelas mulheres que me sequestraram. Minha filha, volte para casa, sua mãe está sentindo muito a sua falta. O senhor está esquecido de que eu fui sequestrada? Tem que pagar o resgate, o senhor tem que pagar o resgate. Tudo bem, Camila, só falta mesmo você voltar. Ela soluçava. Se você disser onde está, lhe apanho, é só dizer. Vem, pai, vem. Desligou o telefone e enxugou as lágrimas. Não posso chorar, eu não posso chorar, nunca. Se ele não quer pagar, maravilha. Na próxima vez falo com minha mãe. Ela sabe dizer, ela sabe falar, não fica se fazendo de desentendida. Pai é pai, não é? Mãe é mãe, portanto. Fica assim. E pronto. Uma santa conhece outra santa. Uma virgem no céu.

Café Humilde

Na confeitaria do centro do Recife, numa rua estreita cheia de carros, bicicletas e carroças, bancas de revista, cigarros e queijos, o homem tocava piano no canto da sala, camisa branca e gravata-borboleta preta. Não o via por inteiro, porque estava parcialmente de costas. E não era um homem qualquer, era o homem. Voltou à mesa, depois de telefonar, e pediu ao garçom um café com torradas. Não é chá? Não, é café. Olhava as luvas sobre a mesa. Trouxera as luvas. Ainda bem. Embora usasse chapéu, não podia tirá-lo da cabeça para não desmanchar a elegância. Faz tempo, uma amiga lhe dissera vai na confeitaria, no Centro da cidade, mas vai muito bem-vestida porque ali as pessoas tomam chá, comem torradas, e dançam. Bem-vestidas. Muito bem-vestidas.

Pediu café, era um exagero beber chá nessa lerda tarde recifense. Foi que viu o garçom vestido num smoking, usando luvas brancas, gravata-borboleta, e servindo. E servindo e sorrindo. Acha que pensou sorrindo com gravidade. A gravidade de pessoas que fingem ser humildes. Ou que são vaidosas mesmo, em exposição permanente. Daí a pouco nem se preocupava mais com o pai ou com os sequestradores. Via as pessoas, os fregueses e os garçons, através dos grandes espelhos que foram espalhados, em círculos, em toda a confeitaria. Eles podiam esperar, você pode esperar, Leonardo, volto para casa logo mais à noite e me tranco no quarto para esperar o resgate. Amém? Amém.

Dúvida, ó Dúvida Cruel

Quando conheceu Leonardo? Não era coisa de agora — era de ontem. Seria o mendigo que disputava comida com as velhas e os cães na feira desolada? No começo, sem reconhecê-lo, uma dezena de velhas, que mal podia abaixar-se, numa humildade comovente e aflitiva, recolhia restos de comidas e verduras apodrecidas e ele — seria capaz de reconhecê-lo? — juntava-se aos mendigos que costumavam aparecer, sem que soubesse de onde vinham, para recolher frutos podres. Elas recolhiam tomates machucados, laranjas imprestáveis, bananas apodrecidas, mangas cortadas pela metade, goiabas pisoteadas, coentros e pimentões estragados. Ela podia ver, ela, Camila, testemunhara quando uma delas, olhos de ferocidade que se iluminavam dentro da quase noite, disputou um pedaço de melancia com um cachorro. O animal derramava o suco avermelhado pelos cantos da boca e defendia-se mostrando os dentes alvos e pontudos — Leonardo se envolveu na briga. O animal grunhiu mas afastou-se. Os olhos de cão ressentido.

Ou fora na festa dos homens excitados e mulheres safadas, belamente safadas, apaixonadamente safadas, e despudoradas, onde estivera como fotógrafa da agência publicitária do pai? Também ela bebia e bebia, e, num de repente, soltou a máquina, deixando-a pendurada no pescoço, e depois de uma troca de olhares, rápida e suficientemente carregada de paixão, de tal modo que se uniram carinhosamente e começaram a dançar, beijos e abraços, ela conduzindo Leonardo — seria ele? de verdade? — a um canto mais escuro, coloca-o de encontro à parede, suspende a minissaia curtíssima e apertadíssima, e foi ali mesmo, não precisaram mais de afagos para se excitar, não se preocupavam se os viam. Bêbada. Terminada a euforia e o prazer, sentaram-se numa mesa mais próxima para beber mais um pouco, tentavam conversar e no entanto pareciam tão cansados e íntimos que as palavras não queriam sair. No retorno para casa, Camila já se sentia infeliz, afastara-se dele sem pedir endereço ou telefone, não é todos os dias que se encontra um homem daqueles, embora Leonardo de certa forma estivesse sempre à disposição, ia encontrá-lo em alguma calçada, em alguma rua, em algum boteco.

Lábios Masculinos

Agora, porém, podia confirmar: foi na tarde ensolarada do Recife, num domingo, enquanto um pastor orava e cantava na Praça da Independência, exortando as mulheres e os homens a deixarem a prostituição, o vício, a putaria, enfim, que o viu, olhos profissionais de fotógrafa: primeiro os cabelos e depois a testa e em seguida o nariz e a boca. Sim, a boca, podia considerar que o amara furiosamente por causa da boca, onde os beijos pareciam soluçar, feito diziam no bolero brega, tocando ali mesmo na praça, na mistura de orações e lágrimas furtivas. Agora percebia com a maior clareza. Pensara logo no batom. Com uma boca daquelas, ele precisava de um batom que, não sendo de todo erótico, tivesse também algo de místico. Um batom entre vermelho e rosa. Por isso sentiu, desde o princípio, que o conhecia de outro lugar.

Esse era um traço da lembrança. Mas de onde? A rigor, de onde? De algum remoto lugar. Nem festa, nem praça, nem bolero. Tinha sido mesmo na confeitaria, quando não era essa confeitaria em que os homens tiram o chapéu e se curvam diante das mulheres, para tocar nas mãos, e começar uma dança. Leonardo estava ao lado do pianista, vestido no rigor de uma camisa abotoada nos punhos e no colarinho, tocando saxofone. Havia ainda uma guitarra que pontuava também feito um contrabaixo, e uma bateria, assim bem num canto, encostada.

No meio de um improviso, recomeçando sem sair do tom, ele tocou um hino sacro, envolvido num sentimento de compenetração, que ela se arrepiou. No entanto, naquele tempo e naquela hora, não percebeu nem que era um hino.

Do Instante

Somente agora, servindo-se do café com torradas — e percebendo que o garçom sorrira com gravidade por causa do café com torradas, devia ser chá com torradas, mas não quis exagerar — se lembrava do rosto que mais tarde se tornou conhecido. Conhecido e amado. E que ela dissera a si mesma, esse rosto ainda vai ter alguma coisa comigo. Talvez por isso tivesse acontecido daquela maneira. Porque o conhecimento era antigo, muito anterior, todos sabiam, desde o instante em que ele tocou a música sacra no sax, diante do chá dos homens e das mulheres assistidas pelo garçom que sorria com gravidade. E se houvesse um instante anterior, ainda mais antigo, de que ela não se lembrava?

As coisas acontecem antes de acontecer — disse e repetiu, as palavras girando nos lábios, e repetiu ainda mais uma vez, e mais uma, sorrindo porque a frase vinha e voltava, até que ela anotou — procurara um guardanapo de papel mas não havia guardanapo de papel, pelo menos agora, no instante em que se lembra porque é um pouco depois da silenciosa recriminação do garçom, naquele outro tempo deve ter anotado, sim —, em seguida, fez o pagamento porque precisava sair para gargalhar. E perguntou ao jornaleiro da esquina antes de entrar em casa, você sabia que as coisas acontecem antes de acontecer? Por isso não lhe pareceu esquisito. O homem ficou olhando, assim olhando intrigado, quase dizendo tem cada besteira nesse mundo.

Sim, era ele. Então fazia tanto tempo assim? Não fora mendigo, nem garanhão, nem garçom, nem músico, nem pastor. Quantas pessoas uma pessoa pode ser? Gostava tanto de brincar assim quanto de trocar roupas de bonecas. Nunca levou a sério esse negócio de brincar de boneca. Era um rosto, pronto, um rosto que encontrou várias vezes, também ela manequim, fotógrafa, publicitária, muitas, muitas e várias, amava se sentir muitas e várias. Dizia hoje eu sou Mariana, agora sou Raquel, depois Ísis, Ísis eu não quero, e, às vezes, Ísis. Também às vezes se sentava no meio-fio para se perguntar: Camila não chegou ainda? Vem, Mariana, Mariana era a parte do seu corpo de que gostava tanto.

Incendiada de Amor

Na Praça da Independência, o pastor recomeçou a falar, aquele pastor que cantava a "Casa do Senhor" é o maná da felicidade, abrindo e fechando a boca com os olhos fechados, foi ali, entre o amontoado de pecados e de piedosos chamamentos para o arrependimento, que ela o conheceu. De verdade, e enfim? Que batom usava naquela hora? Algo bem suave e discreto. Ele andou, caminhou um pouco mais, se aproximou daqueles que estavam dispostos a rezar. Viu com clareza. Ou, pelo menos, daqueles que simplesmente prestavam atenção, por não ter o que fazer, para roubar, para pedir dinheiro, ou para se esfregar na bunda das mulheres. Havia mais de uma mão percorrendo as carnes pecadoras. E elas cantavam, levantando os braços, deviam sentir o toque, a aproximação, e reviravam os olhos. E levantavam ainda mais os braços. Era interessante ver como elas reviravam os olhos, cantando e cantando, tomadas de oração e prazer. E gozo. Ela própria, Camila, gostaria de subir aos céus com vestido e tudo. Incendiada. Gostava da imagem de

Elias arrebatado em vida por uma carruagem de fogo. De fogo? Sentia as chamas subindo no corpo.

Naquele instante percebeu a água tocando na face — era ele, ele mesmo, o que mais tarde soube se chamar Leonardo, que cantava tão alto e com tanto fervor que a saliva, mais exatamente o cuspe, atingia o rosto dela. Leonardo, o belo, o tão belo quanto querido e excitante, o mais belo e excitante, cuspia enquanto falava, que se aproximava ainda mais para também tocar no seu corpo esfogueado, arrebatada do chão pelos olhos do homem que chegava. Cantava, não podia duvidar, cantava, e esta era a razão da saliva, cantava, e tentava afagar o seu braço com a mão, de leve, de muito leve, sem nada que parecesse com o esfregão dos outros homens na bunda das mulheres.

Por que tinha tanto fervor e era capaz de assediá-la daquela forma, embora desejasse que fosse assim, para sempre, feito dizia o hino religioso, para sempre, para todo o sempre? Ela se afastou um pouco, só para recuar, estratégica, e sentiu o corpo dele se aproximando. Não viu, mas jura que ele a suspendeu por um tempo, um tempo curtíssimo, a voz que cantava, e deixou um sorriso brando escapulir nos cantos dos lábios. Um bom sorriso? Um belo sorriso? Não quis continuar inquirindo-se. Por isso sentiu a saliva marcando o rosto, misturando-se à lágrima escorrendo pelos olhos. Suspendeu-a, isto é, suspendeu-a pelo amor, pleno amor, que naquela hora, naquela exata hora, era mais sagrado do que humano. Muito mais sagrado. Pelo enlevo e pela paixão.

Ó, Amado, Ó

Andou por mais algum tempo, atravessou a rua e continuou, já enxugando as lágrimas e depois colocando as mãos no bolso da saia, dobrou a esquina e foi ali: pousou a mão no ombro de Leonardo, não uma mão à toa, uma mão agressiva, uma mão afoita, mas a mão de apoio, de cumplicidade, de gozo que se antecipa. Ele estava ali, e também ria, os dois caminhando, caminhando e rindo, dando a impressão de que eram dois amigos, dois ternos amigos que se alegravam com a tarde de domingo no Recife. Percebeu, sem esforço de memória, que era ele o cantor da confeitaria. Os dois rindo. Ela se levantou da cadeira e aproveitou o mesmo microfone para cantar com ele. Cantavam em dueto, e enquanto ela cantava, sozinha, ele fazia improvisos no saxofone, a plateia da confeitaria ouvindo, encontrei o amado da minha alma, agarrei-o, e não vou soltá-lo, ó vem, amado, ó vem, até levá-la à minha casa, amada, ao quarto daquela que me ofereceu o seio, sim, seus seios são cachos de uva, e o sopro das suas narinas perfuma como o aroma das maçãs, sua boca é um vinho delicioso que se derrama na minha, molhando-me lábios e dentes.

Depois ela parou junto a ele, controlando-se e, ainda mais, soluçando, como se tivesse mesmo acabado de chorar. Olharam-se, os dois olharam-se, e os sorrisos ainda estavam nos lábios, ó beija-me com os beijos de sua boca, que batom estava usando, qual a cor? Cantavam. Ali mesmo, outra vez, cantavam. Até que ele a chamou vamos para minha casa? Onde?, para minha casa, na Praça Chora Menino, você aceita? Os dois seguiram, ouvindo os hinos religiosos na pracinha, e ela dizendo acho muito feio essa história de rezar entre prostitutas e ladrões, você não acha?, o verdadeiro pastor reza mesmo entre as prostitutas, os sequestradores, e os ladrões, eu não vim para chamar os justos, e sim os pecadores para o arrependimento, porque são os piores pecadores, vendem a carne e ofendem os justos, precisam ser pescados, pescados?, sim, minha filha, pescados, porque estão num mar de lama, nunca pensei nisso, já devia ter pensado, está ficando uma mocinha, também sou pescador.

Comunicado

Você? Acabo de pescar você. Que história é essa? Telefone para seus pais, peça o resgate, que resgate?, o que é que tem pescador com resgate? Porque estou lhe sequestrando, agora. Sequestro e pescador, que confusão, confusão alguma, só estou lhe comunicando oficialmente: você acaba de ser sequestrada. Como assim? Como eu vou exigir resgate?, falando com sua família, pedindo dinheiro para mim, garota, ninguém vai acreditar, não vai, não, você sabe como convencer, você não conhece meu pai, vá, menina, pegue o telefone, um momento, você me traz aqui, me fala em pescador, canta com os fiéis, depois fala em sequestro, em resgate, não estou conseguindo entender nada, não precisa compreender, minha filha, você está sequestrada, não entendo, me explica, por favor, é a primeira vez que vejo sequestrador explicando sequestro, mas você não é sequestrador, você é pescador, deixa de besteira, vai, telefone para tua casa e vamos esperar o resgate na minha.

Pai?, onde é que você anda, minha filha? não me pergunte onde é que eu ando, meu pai, não me pergunte nada, o que é que está havendo?, vai, pai, deixa que eu fale, você já está falando, estou muito nervosa, pai, acabo de ser sequestra, sequestrada?, pois é, pai, e o homem é muito perigoso, pai, ah, meu pai, o que será da minha vida agora?, volte para casa agora, imediatamente, o que eles vão fazer comigo?, você está sonhando, minha filha, está iludida, ô, pai, ô, pai, pegue um táxi, agora?, sim, agora, e não diga a ninguém que falou comigo, quando perguntarem responda que ele não estava em casa, está bem, pai, está bem, agora pegue o táxi e volte ligeiro, vou lhe esperar no portão, então quer dizer que o senhor não falou comigo, quer dizer não, minha filha, quer dizer não, você não falou comigo, não me encontrou, não me viu, mas pai, pai? Pague o resgate, pai, eu quero ir para o céu, quero desfilar no exército das onze mil virgens, pai.

Bonecas e Carrinhos

Tudo bem. Os pais ainda moravam na Praça Chora Menino. Eles pagaram o resgate?, ainda não?, fique aí, fique aí calada, um dia eles vão pagar o resgate, pode acreditar em mim, deveras, ela insistia tanto em telefonar outra vez. Ninguém acredita, ninguém acredita que fui sequestrada, por isso não atendem mais, ligue outra vez, ligue de novo que estão em casa, você ligando eles vão atender, meu pai nunca acredita em mim, minha mãe chora, fica olhando desconfiada, fale bem forte e eles vão compreender, vão saber o que é ter uma filha sequestrada. Leonardo gostava de brincar com carros de corrida em cima da cama, enquanto aguardava as negociações, feitas mesmo por Camila, que espalhava as bonecas noutro lado da cama. Ali, naquele instante, enquanto obedecia a Leonardo na tentativa de arrancar o resgate do pai, sequestrada que fora, sentia-se Mariana, aquela flor de menina calada, silenciosa, que habitava seu corpo, e que no entanto era ela mesma.

No quarto, porém, toda dona de si, era assim: tinha saudade do corpo, do seu corpo, parecia apenas alma. Uma coisa tão estranha, tão engraçada. Mesmo gostava de ficar brincando com as bonecas. Com as fitas das bonecas. Tão bom brincar com as fitas das bonecas. Tão leve, tão macio. Gostava de enfeitá-las: uma fita azul nos ombros, outra amarela nos braços, ainda outra vermelha cobrindo os pés. Passava tempos assim, sem pensar em nada, um longo silêncio na cabeça. Podia jurar nos dedos cruzados: era o branco na cabeça que mais a satisfazia. Perdida no oco do mundo, na desmemória, na terra de ninguém. Transformada em ninguém, nem era mesmo um cisco de poeira no universo do quarto, no universo daquele quarto onde ela admirava passar horas, só pela convivência. Com ele e com as bonecas. Os dois juntos, sempre.

Leonardo fazia barulho com a boca, imitava o ronco dos motores, avançava um carro, atrasava outro, dizia alguma coisa, reclamava, brincava, ria. Ou brincava com super-heróis de plástico que lutavam no armário ou no chão, ou na banheira, bebendo uísque, retirando-se apenas para ir ao banheiro. Bêbado tomava banhos. Ela ligava o celular, o telefone fixo, andava de um lado para outro, eles não acreditam, meus pais não vão acreditar nunca que fui sequestrada, sabe o que é que vou fazer? Eu vou lá, vou dizer na cara do meu pai, eu fui sequestrada e vocês ficam aí ocupados com besteira, um lendo jornal, a outra na cozinha, esse jornal não acaba nunca?, hein, pai, esse jornal não acaba nunca?, os dois aí parecem uma fotografia velha, ainda nem de todo desbotada, mas velha de qualquer maneira, é preciso perder a cor para ficar velha?

Álbum de Família

O pai lendo jornal, sentado no sofá, perto do divã, de óculos, e agora de suspensórios. Pois é, de suspensórios. Claro que não foi sempre assim. Se a fotografia fosse mais velha, seria possível vê-lo de óculos comuns, mas agora tem óculos fortes de aros de metal, e sem suspensórios. Mas a posição, sim, a posição seria a mesma, parece que congelada no tempo: a perna direita dobrada sobre a esquerda, o primeiro caderno do jornal aberto, seguro pelas duas mãos, e os outros cadernos repousando no colo. O pai lê o jornal simetricamente: primeiro o caderno de economia, depois o de política, em seguida esportes e diversões. E não ri, nunca ri. Sabe apenas que ele rasga as fotos de mulheres nuas e coloca no bolso da calça.

Se a foto da memória for mais recente, aí acrescente-se uns óculos com lentes fortes — eu acho que quem gastou os óculos do meu pai foi o jornal — e aros de pente de tartaruga e, é claro, os suspensórios. Nem sei mesmo desde quando ele começou a usar essa peça. Parece que é coisa recente. E minha mãe? Minha mãe parece que esteve sempre aí, sempre. Basta olhar direitinho: ela acaba de sair da cozinha, dá um passo além da porta e fica parada na sala de visitas. Entenda bem, ela andou só um pouco, veja, ela anda um pouco e fica com o prato nas mãos, o prato molhado que ela insiste em enxugar, sabe, enxugar bem, muito bem.

Meu Marido, o José

Houve um tempo em que ela perguntava o que é, José? O nome do meu pai é José. E ela ficava ali parada, esperando a resposta. Ele, na verdade, nunca respondia. O tempo é engraçado, não é? Ela perguntava, e talvez nem tivesse mesmo o que responder. Aprendi tudo isso sentada na cadeira de palhinha, ainda tão menina que as pernas permaneciam retas, paradas, no assento, às vezes vestida de farda escolar, às vezes, não. Era uma coisa que se repetia, o que é, José? Parece que às vezes, só por um favor, ele levantava lentamente os olhos, depois girava a cabeça e olhava firme para ela, para minha mãe. Ela gelava, tenho certeza, ela gelava. Gelava e permanecia quieta.

No outro dia repetia tudo. Quer dizer, no outro dia, não, ali mesmo, nesta hora. A fotografia mudava, no máximo, uma roupa — era domingo e meu pai estava de camiseta —, e minha mãe tanto podia estar de vestido quanto de saia e blusa, numa variação muito discreta. Portanto, não seria de todo inviável, se for possível imaginar o telefone tocando e meu pai, sem tirar os olhos do jornal, atendendo. Aí minha mãe dá um passo, sai da cozinha, entra na sala, enxuga o prato e pergunta o que é, José? O que foi que você disse? Disse que não suporto trotes. E desligou. De quem foi o trote, José? Meu pai levantava a cabeça com os olhos deste tamanho na cara, de quem é o quê? Gostaria muito de imaginar como foi a reação de minha mãe ao ouvir a notícia do sequestro, do sequestro e do resgate. Ela teria jogado o prato no chão, a princípio em silêncio, e só depois gritando com as mãos na cabeça sequestraram minha filha, o que é que a gente vai fazer, José? Sequestraram nossa filha, José? Fique em silêncio, amor, não está vendo que estou lendo o jornal?

Engula o Choro

Na fotografia, na imagem congelada, ela se imaginava sentada agora na mesa de refeições, comendo pão simples, manteiga e tomando café, Camila vê a mãe engolindo o choro — nunca se esquece de que o pai também gritava com ela engula o choro, minha filha, engula o choro —, com o cinturão na mão, e ele deve ter dito alguma coisa assim, engula o choro. Porque ela nem sequer se lembra, ela vê o pai dirigindo um olhar firme e desprezível à mãe que parou o soluço logo depois do grito. Sim, a mãe havia gritado, o prato na mão esquerda, e a direita sacudindo o pano branco, embora houvesse a dúvida, ligeira dúvida, o pai dissera mesmo, amor, não está vendo que estou lendo o jornal? Ou apenas lançara o olhar fixo e desprezível? Naquele momento ela, a mãe, ia desmaiar, mas desistiu, ninguém desmaia diante de um olhar fixo e desprezível, fica assim, parada, olhando o pai. O marido, é claro. Então é melhor não desmaiar. A fotografia fica aí.

A mãe volta à cozinha, guarda o prato e o pano, volta e senta-se ao lado do pai. Isto é, do marido. Senta-se também no divã e tenta iniciar uma conversa. Só se percebe que ela está nervosa e tensa porque a ponta do nariz vai ficando roxa. A ponta do nariz roxa e os cílios molhados por lágrimas. Depois de algum tempo quieta, e esfregando a saia entre o polegar e o indicador, vai começando, eu sei, José, compreendo, e você sabe como eu compreendo, que você não gosta de ser interrompido quando está lendo o jornal, o que compreendo, você sabe disso, compreendo muito bem, mas você não termina nunca de ler esse jornal, não é verdade, meu filho?, mesmo quando vai comer leva o jornal para a mesa, não é verdade, meu filho?, eu mesma lhe sirvo com um pouco de feijão, um pouco de arroz, purê, verduras, um pouco de carne, tudo um pouco, e aí você começa a comer, molhando um pedaço do pão, que parte com os dedos, no molho do pires ao lado, eu sei, eu só queria conversar rapidamente para saber se o telefonema que você recebeu agora é dos sequestradores da nossa filha, é? Camila, você ainda se lembra que ela se chama Camila, não é? Vá buscar a nossa filha, você vai, não é, José? Você se lembra ainda que tem uma filha, é só recordar, não é? Talvez um dia eu me lembre, talvez um dia me recorde que tive uma filha, talvez me lembre.

Memória dos Olhos

O homem lê o jornal, e a fotografia, mais uma vez, congela a imagem, ele segurando o jornal, dirigindo a ela aquele olhar firme e desprezível, e ela amassando um pedaço da saia com o polegar e o indicador, a cabeça baixa. Não ia cometer o desatino de se sentar. Mesmo ao lado do marido. Ou por isso mesmo. Não queria ser desumana, mas o olhar do pai ficou parado entre as pálpebras, feito alguém que está bêbado, e a boca da mãe, fechada, fechada e séria, nunca viu a mãe tão séria assim, severa, severa e séria. Engraçado, todos têm uma boca diferente. Aberta ou fechada. Mas todos têm uma boca estranha. Se tivesse uma foto dessas ia enviá-la aos dois, pelo Correio, com um oferecimento, estão lembrados da foto que tiraram durante a primeira conversa que vocês tiveram após o meu sequestro? Para que não esquecessem, nunca, jamais.

O problema é que Camila decora, decora para não esquecer, decora para não esquecer a memória, ela vai precisar da memória algum dia, na memória que precisa neste instante, sentada aí, tomando café, vê a sala da casa, ampla, a sala é ampla. Com dois janelões sempre fechados, a porta também, uma casa antiga, dessas bem antigas que existem muito no Recife, o teto alto, e por isso é que, mesmo fechados os janelões e a porta, há luz abundante, e além disso amistosidade e prazer, apesar de tudo, prazer. Mas apesar de tudo por quê? A casa era assim. E pronto. Não era assim, como não era assim? Que memória é essa? No começo ela só ficava sentada na cadeira de palhinha, as pernas estiradas, observando as pessoas que não conversavam. E então guardava tudo na memória dos olhos, somente com os olhos, porque não precisava de máquinas fotográficas. Nunca precisou.

Mãe Tem Simetria

A sala imensa com paredes alvas e quase tudo de uma sala comum, precisava daquilo para não esquecer, precisava de quase tudo, e o segredo é que havia as fotos congeladas e as fotos em movimento, pensava mesmo, e tinha certeza de que não havia fotos em movimento, no entanto era o que desejava, era o que pretendia, e para o seu segredo, esse segredo que está revelando agora, as fotografias deixavam as pessoas estáticas, as pessoas e os animais, ou faziam as pessoas andar — gesticulando, falando, dizendo.

A sala imensa com paredes alvas e os móveis espalhados segundo a simetria da mãe, o sofá colocado bem no centro, ladeado por duas cadeiras do mesmo estilo e da mesma cor, à direita do sofá uma cadeira de balanço e no outro lado um cabide antigo, onde o pai colocava o chapéu, ele ainda usa chapéu, nunca sai de casa sem chapéu, e, no espaço entre o sofá e as cadeiras, a mãe distribuiu uma espécie de tapete de couro de algum animal, jamais perguntou a alguém que animal era aquele, sobre ele um móvel baixo, ali as pessoas colocavam os objetos que traziam da rua — livros, cadernos, bolsas, chaveiro, jornal, jornal, jornal — e a mãe, na paciência de mãe, ou na covardia de mãe, tirava e guardava em seus lugares específicos, sem reclamação, indo e vindo, fazendo ruídos com as sandálias, quando estava de sandálias, ou de sapato, quando estava de sapato — não esquece que ouviu o pai dizer o barulho de sua sandália está me irritando hoje —, porque às vezes nem ruídos ela fazia, devido a uns sapatos, parece que de borracha, qualquer coisa parecida com um tênis. Não raro andava descalça. O marido não podia ser incomodado. Por nada.

Nesses dias ninguém podia ligar o rádio, nem ouvir o som no quarto, nem ver televisão, todo mundo ficava assim teso, sem dizer uma palavra, nem correr, quando chegava da escola não corria, se lembrava daqueles dias em que corria, abraçava e beijava a mãe, sem falar, é claro que sem falar, se falar fica sentimental demais, sentava-se na cadeira de palhinha, as pernas estiradas, sem tocar no chão, observando o pai a ler o jornal, a mãe dizia assim, a boca quase colada no ouvido, venha, minha filha, tome o seu banho e depois o almoço será servido.

Fuga

O que chamam de amor
é o exílio

Olhos na Nuca

Foi se acostumando com aquela vida de prisioneira, sequestrada, andando de um lado a outro nas ruínas, reclamando o resgate aos pais, espreguiçando-se, comendo quando tinha, jejuando e entregando a Deus os sofrimentos deste mundo, vendo o que via e silenciando, as pessoas não precisam de explicação. E havia os dias de fartura, se é que aquilo pode se chamar fartura, tudo de acordo com a caridade de Raquel, as duas pouco conversavam mas muito se entendiam, era viver e viver e viver. E pronto. Bastava. Pouco conversavam, é verdade. Muito se gostavam. Demais. Tanto que uma era a outra. Camila de Raquel. Raquel de Camila. As duas se sabiam. Sempre.

Sentada também na confortável, embora rasgada cadeira de couro no terraço da casa-grande de Arcassanta, um desses sítios decadentes e sombrios do Recife, abandonados pelos proprietários, e sem querer que ninguém chegue perto, local do retiro religioso dos Soldados da Pátria por Cristo, observava o pastor quando saía de casa, perfumado, caminhando e deslizando pelas ruas, às vezes acompanhava-o — sombra que se aproxima e se afasta, se fazendo desconhecida, se desfazendo na aproximação —, figura do fim da tarde e começo da noite, percorria a Avenida Rosa e Silva até chegar em Casa Amarela. Ali ela também se instalava num bar próximo e espiava. Se fazendo de desconhecida, sempre; conhecida, quando a necessidade apertava.

Sombras, os Dois

Ele ocupava uma cadeira imunda no mercado. As roupas limpas, o cabelo bem penteado, o rosto saudável, a barba benfeita, os gestos de quem tem o domínio da cidade. Depois que era servido pela garçonete improvisada, sempre improvisada, carregando a cerveja numa mão, a tampa já segura pelo abridor, o ruído da garrafa, acendia o cigarro, a primeira baforada, a cabeça virada para trás, os óculos escuros pendurados no nariz, era absoluto o controle da situação. Cruzava a perna direita sobre a esquerda, balançava a perna nervosamente. Mesmo de longe percebia o sorriso insinuando-se no canto da boca. Pena que não usasse batom. Ela escolhia uma cor, uma marca.

Pareciam duendes construindo a cidade.

O pastor entrava pelas horas bebendo aguardente ou cerveja, comendo gordas mãos de vaca, enormes sarapatéis, ensebados chambaris, e já embriagado, as roupas começando a ficar sujas, os cabelos oleosos, sem querer ir para casa, não enfrentaria nem Raquel, nem Alvarenga, nem a irmã, Ísis, tomava um ônibus, saltava, seguia pela Avenida Conde da Boa Vista e ocupava um quarto de pensão barata na Rua Primeiro de Março, e ela ali ao lado, ele nem parecia perceber, os dois no quarto em camas separadas, deitados em colchões de capim, os lençóis de estranhos, enjoado com o cheiro do travesseiro, tossindo, muita poeira no travesseiro, acendendo cigarros, evitando vomitar, esquecendo o dia, dormindo, até que anoitecia novamente, e mais tarde ele caminhava outra vez, sem olhar para trás, bebendo em pé num balcão, aguardente, falando sozinho. Tinha uma extrema admiração pelos suicidas, encontrava um amigo e andavam juntos, brincando, soltando pilhérias, recitando. Dai-me, Senhor, o dom do suicídio.

Silêncio na Garganta

Camila seguiu-o, a princípio com os olhos, seguia-o sempre, junto a ele, e ele não dizia palavra, uma palavra sequer, acompanhando-o nas voltas e voltas pela cidade, pela inviolável cidade do Recife, nessa cidade de pessoas que se atropelam, não falam, bate-que-bate umas nas outras, era feito menina que acompanha os pais nas compras, ficando um pouco para trás, se adiantando, gostava de vê-lo a distância, recuava dois ou três passos, sem incomodá-lo, brincando com os pés no meio-fio, um pé na calçada outro no chão, mancava, ria, achava engraçado, muito tempo assim, menina de saia curta, farda da escola, gata pintada quem foi que te pintou, às vezes tirava um carrinho de corrida da bolsa, e que roubara dele, mesmo que depois devolvesse, para enfeitar a noite de meu bem, diziam que era outono, mas apenas o tempo ficava meio que cinzento e triste, os prédios cobertos de sol frio, e também fazia barulhos com a boca, os motores roncando, e ela gesticulando muito, gesticulando alto e bastante, inventando curvas, retas e atalhos, *pit-stop* e tudo.

No primeiro bar ele aproveitou para tomar meio copo de aguardente com peixe frito. Depois foi ao centro da cidade — os grandes e imponentes pilares dos prédios na Avenida Guararapes, sujos de cartazes e grafite —, e acendeu um cigarro. Naquele instante, porém, parecia que estava quieto, sóbrio, mas o riso vinha. Percebia nele. Mesmo distraída com os carros de corrida, sentada no chão, percebia. Assim a distância e olhava, via quando ele se voltava para a cidade com aquela cara de menino que vai sorrir, que se prepara para o golpe da brincadeira, se antecipa à gargalhada, o gozo e o prazer da gargalhada.

Sempre o riso. Era uma desgraça que não pudesse evitar. Comprou um jornal, ainda que não fosse para lê-lo. Sentou-se na calçada que margeia o Rio Capibaribe. Sapato furado, camisa puída. Embrulhou o jornal, colocou-o embaixo do braço, desviou os olhos para o movimento da Avenida Guararapes tão cheia de bancas de revistas, sebos nas calçadas e mendigos, loucos. Bela, estranha e espantosa cidade do Recife — habitada por banqueiros e pedintes, bêbados e loucos, homens de pastas nas mãos, meninos e meninas prostituídas. O dia corria solto no mundo. Ela se perguntava que tipo de emoção teria ali? Porque cada emoção corresponde a uma pessoa. Cada emoção tem um pulso. Observando tudo, às vezes procurando interpretar, às vezes distraída, longe e solitária, sentia que ser apenas Camila era pouco. Muito pouco. Por demais.

Era Ísis, Raquel, Mariana ou Camila? Qual delas gostaria de ser neste momento? E Paloma?

Mulheres da História

Seria Raquel?

Caminhava pela avenida e parecia que a multidão vinha de propósito ao seu encontro: desregrada, desmedida, desajeitada. Acompanhava o pastor, a quem se dispusera a amar. Sempre. Não ouvia vozes, porém as bocas se moviam, inclinai amado ó amado meu os teus ouvidos para escutar dos meus lábios palavras doces sussurros espelho d'água, risadas, gritos, falares, enquanto os habitantes perguntam que tipo de aroma é aquele que se levanta nas ruas, mulheres trajadas com elegância, outras desajeitadas, outras pedindo esmolas, outras cuspindo, homens de terno, outros em farrapos, outros sacrificados, outros aflitos, garanto-te ó amado meu amado é o meu perfume escorrendo pelas calçadas porque a tua carne convoca este perfume, via a multidão quase que apenas da cintura para cima, marchando, alternando posições, cabeças erguidas ou abaixadas, pressa ou calma, olhos nas vitrines, ombros furando passagem, mãos dadas, mãos soltas, é preciso estar quieto para amparar-me na tua carne meu amado ó amado meu.

Entra Camila.

Ele parou noutro bar, ela sentada no chão, brincando com as miniaturas de carros de corrida e bonecos de super-heróis, tomou outro copo de aguardente, acendeu o cigarro. Precisou se encostar na pilastra e, com a mão na boca, escondeu o riso — ria muito, ria demais, ria sempre, sacolejando o corpo e, desesperadamente, tentando parar. É que estava vendo, com a clarividência próxima dos místicos, daqueles loucos de Deus que caminham para salvar a terra, os abandonados da sorte, os destroçados e os bêbados tomando conta de todos os lugares, bebendo aguardente, deitados nas calçadas, às vezes acocorados em círculos, ou sentados em cadeiras de engraxates, realizando aquilo que para ela também parecia uma festa estúpida e miseravelmente feliz, pergunta aos habitantes da noite, quem sabe, comemorando a invasão da cidade, bocas desdentadas, ombros altos, esqueléticos, braços finos, dedos longos e trêmulos, olhos cinzentos, sanguinolentos e imbecilizados, rostos com solene ausência de dor, e eles dirão que me viram embriagado, e, no entanto, era como se a própria dor estivesse ali, pessoalmente.

Ísis, por favor.

E a dor andando, andando torta pelas calçadas os cães e as víboras me atormentaram rasgaram as minhas vestes enquanto eu gritava teu nome com o emblema da paixão no peito banhado de cinzas amado ó amado beija-me uma única vez e sonharei a eternidade com delícias em teus cabelos é preciso ter a alma perversa para suportar o amor amado meu ó meu amado és meu como o espelho tremeluzindo ao sol enquanto a noite não chega tenho que atravessar a tarde em agonia na espera de tuas mãos do teu ventre e do teu nome terei que suportar o silêncio porque tua voz não geme no meu ouvido agora só me resta permanecer diante de tua ausência esperei por ti durante o dia e a tarde sonhando durante a noite e repetindo teu nome pela madrugada amado meu ó meu amado nenhum dos meus passos foi dado sem a tua lembrança nenhum dos meus segredos passou sem tua presença mudei-me para o campo e para a cidade e cada vez maior é o teu encanto na minha carne e no meu sangue amado ó meu amado.

Brinquedos

Não pagaram o resgate? e ele mesmo respondeu fique aí, fique aí parada, não atrapalhe, a gente precisa muito desse resgate, mas pode esperar. Leonardo preparava a bacia para se suicidar. Insistia, insistia tanto no telefonema. É para fazer a igreja crescer, precisamos do dinheiro. Jejum é jejum. Fome é fome. Ninguém atendia. Ligue mais, ligue outra vez, ligue novamente, estão em casa? Preste atenção: Você falando eles vão atender? Meu pai nunca acredita em mim, minha mãe chora, fica me olhando desconfiada. Fale bem forte e eles vão compreender. Vão saber o que é ter uma filha sequestrada. Ele brincava com os carros de corrida, na cama. Tirara a camisa, o peito descoberto não era musculoso, os ombros lisos, os braços pouco peludos, as mãos fortes. Desde que chegara no quarto, permanecia descalço e sem camisas. Só usava a calça frouxa e desabotoada.

Logo mostrou a coleção de carros, em miniatura, guardada em caixas embaixo do armário. Muitos, os carros. Muitos. Carros de luxo, de corrida, de serviço. Compreendeu o riso, aquele riso abobado e abestalhado, solitário. Sobretudo solitário. Feito um santo que vê e lamenta a agonia dos homens.

Apanhou a gilete no estojo, perto do espelho onde costumava barbear-se. Talvez gargalhasse, não lhe faltava ímpeto, mas acha que ele considerou que podia assustar alguém. Até mesmo Camila, ela percebeu, sentada na cama junto ao telefone. Discava muitas, várias vezes, e discava, e discava, mais uma vez, e discava, mais outra vez, e discava. O rapaz deitou-se, os gestos medidos e satisfeitos, possuído de uma alegria que beirava a estupidez. Dali ele observava o saxofone abandonado sobre a cadeira, também o instrumento iluminado pelo resto de sol da tarde, em silêncio, sempre em silêncio, necessitando do sopro da vida. Não atendem, ninguém atende, Leonardo, ela junto do telefone. Coisa triste ver o saxofone abandonado sobre a cama. Calado. Faz tempo não tocava, nem um piado, nem um gemido, saxofone é gemido no choro da tarde, na lamentação da tarde, na lágrima da tarde. Tão sentimental.

Sensualidade da Morte

Então você vai me fazer um favor. Diga aí. Você vai em casa, na sua casa, diz aos pais, a seus pais, que está sequestrada, e aí eles vão pagar o resgate, está bem? Também acho que essa é uma boa estratégia, legal, só não acho que deva ser agora, ainda não. Por quê? Pelo óbvio, se eu for agora eles não vão sentir a minha falta durante a noite, então é melhor que eu durma aqui, passe a noite fora, amanhã faço isso, de preferência depois do almoço. Você não entende nada de sequestro, não é, menina? Vai hoje, sim, e agora, porque amanhã eu vou estar morto. Morto como? Não está vendo? Ah, é, desculpe, eu não prestei atenção. Boa gente você é, hein? então eu morro e você nem percebe? É verdade, você tem toda a razão, o que é que você quer que eu faça? Agora? Sim, agora. Por enquanto nada, senta aqui e reze. Que reza? Qualquer uma, se não souber nada, invente. Depois a gente providencia o resgate.

Ficaram quietos, calados, em silêncio. Assim podia refazer-se interiormente, porque uma espécie de silêncio místico se instalava na sua alma. E se eu fosse santa? Não era melhor ser santa? Muito melhor do que essas santas que desejam ser santas misturadas à droga, ao álcool, se desmanchando em escuridão até atingir o lodo da alma para então contemplar a luz. Quem garante que a luz é o lugar da alma? Quem garante? Tinha vontade de se levantar e vestir o hábito, um hábito de freira que escondia no seu guarda-roupa e que, no entanto, não estava ali. Aqui não é sua casa, Camila, não é a sua casa. Esse guarda-roupa também não é seu. Não adianta procurar o hábito de freira. Mas quer vesti-lo? Então imagine. Pense que está vestida de freira no céu com as onze mil virgens.

Havia noites em que o pecado pesava. E então ficava nua, toda nua, e vestia o hábito, com alguma coisa, muita coisa, aliás, de sensualidade. O pano roçando o bico dos seios e a vontade, imensa e bela, dolorosa, de repetir sempre eu quero ser santa, eu quero ser santa, eu quero ser santa. Com reza ou com bebida, com oração ou com droga, seja como for, para sempre, ó, para sempre, eu sou santa, eu sou santa, eu sou santa. Não pensava em nada nem em ninguém. Rezar consistia em não pensar. Não procure mais o hábito. Pelo menos faça companhia a Leonardo. Isso mesmo. Quieta porque você não é santa, nem está misturando as coisas. Está bem, está bem, também não precisa ficar assim arrependida. Tome o lenço. Sim, eu sei, está apenas imitando a cena que viu no cinema. Vá, minha filha, enxugue a face, assoe o nariz. Tudo bem, eu sei, nem é uma cena verdadeira, que não devia estar aqui. Compreendo, é imitação, compreendo. Tudo bem, repito, tudo bem. Foi só uma fraqueza de imitação. Não, não, não é pecado. Fique fria. Sente-se aí e continue. Assim, continue. Não se apresse. Sem medo.

Tudo É Glória

Mas era aquilo. O que era aquilo que sentia? Que ela sentia o que ele sentia? Despida, nua. Achava-se agora sem o hábito. Bateu-se. Espancou-se. Surrava-se com o cordão do hábito. Feito vira no cinema e lera no Catecismo. Repetindo, repetindo, repetindo. Em desejo? Em sonho? Em castigo? Sonhava. Não queria, ela não queria que Leonardo a visse naquele instante, naquele momento em que, pecadora, sofria por suas próprias mãos. Não era pecado, aquilo não era pecado, nem podia. Quem foi inventar essa história? Quem podia inventar esse negócio de pecado? Sequestrada pode pecar? E se nem sentiu desejo? Mas Leonardo também estava nu. Nem erro, nem acerto, meu Deus, tudo é glória.

Bastava saber que todas as santas e todos os santos se martirizaram com o cordão do hábito ou da batina. É assim: as coisas se repetem, vão se repetindo. O que não esperava era ouvir o pastor dizendo não precisa se martirizar. Porque ela apenas pensava. Pensava na cena do cinema porque nem era com ela mesma. Só queria se lembrar. E ele falando deixe que o martírio é meu. Como sei? Porque é sempre assim. Todos pensam nessa mesma coisa. Nessa mesma imagem. E agora não estavam conversando, não dizia nada. Ela desejava dizer casa de loucos, isso aqui é uma casa de loucos.

Havia algum tipo de estranhamento quando sentiu os ombros sem vestes, os seios soltos, o ventre liso, gosto de lã e uvas na boca, na pele. Então era isso. Então era isso? Escorreu as mãos desde os seios até as pernas, certa de que existia ali uma

aproximação do desejo, o desejo de eternidade. O que era aquilo senão o corpo de Leonardo? O corpo nu de Leonardo jogado na cama com a gilete arranhando o pulso? Queria sentir a morte chegando? Ele, o homem? A respiração paciente, quase imperceptível, o silêncio cobrindo-o feito um lençol de inverno. Apanhou a gilete e encostou-a no pulso — ela via.
Fez pausa.

Pássaros Soluçam

A respiração veio como um soluço em múltiplos pedaços até se esgotar. Abriu os olhos. Voltando-se para a cama, quase um catre forrado de branco, liso, e o que viu, a imagem tinha poder de visão aterradora, foi Leonardo morrendo. Ela acreditava. Tornou a fechar os olhos. O homem, a respiração sem compasso, a cabeça para trás encostada em grandes travesseiros, a boca aberta, afundando as bochechas, buscando com avidez o ar que lhe fugia, a barriga enfiava-se no próprio corpo e o corpo resistia à morte. Escutou o ruído da água e se voltou. A lâmina furava a pele, ainda sem sangue, e os olhos testemunhavam.

Pelas curvas do corpo, pelos seios firmes e latejantes, a água escorria; a água que parecia minúsculos espelhos brilhosos se multiplicando. As coxas grossas, os finos pelos claros, reluziam. Sentiu um soluço de pássaros no peito. Soluço de pássaro solto e feliz atingido no voo. Tinha a alma em chagas. A força da visão estranha e medonha atraía-a com a valentia que podem ter os cavalos indomáveis. Ela cantava baixo. Ela quem? Camila? Teve vontade de chamar-se Mariana. Pela leveza da palavra; pela pureza; pelo encanto. Aquela que nada reclama, não se queixa, não se lamenta. E diz um ai, apenas um ai, e toda a solidão da alma cobre e sara as dores do mundo. O borbulhar da água confundindo-se com a voz. O corpo trêmulo de febre. Vem, Mariana, vem. Agora é a sua hora, é a sua vez. Vem e se instale aqui. Por favor.

Lâmina na Pele

Viu, através da porta aberta do banheiro, Leonardo observando-a. Tinha um rosto plácido, de quem se distancia da dor e do sofrimento, os olhos plenos de paciência e compreensão, a lâmina parecia lhe cortar a pele, o pulso ardia. Os olhos de santo enfrentando o martírio com uma tal humildade que parecia superior a todos os lamentos, de quem desconhece os gritos da multidão. Leonardo espichado na cama com a inteireza de um ser que não morre, de quem nunca morre, embora fosse possível ver a morte se acasalando nos seus olhos, as pálpebras cansadas. Cobrindo o seu rosto. Estava ali e descia sobre o rosto ossudo, de pele que se gruda na carne, os lábios finos e fechados, o queixo firme.

Nua, inteiramente nua. Nua e bela. Que era assim que gostava de estar: sem roupa alguma que impedisse a alegria da água, o escorrer da água passeando na intimidade da carne, na parte mais secreta. Os seios puros, intocados. As coxas macias, molhadas. O ventre aveludado. Em nenhum outro momento da vida se sentiria mais feliz, mais leve e mais livre do que nesse instante em que a morte flutua sobre os dois corpos e em que ela se entrega à fatalidade; certa de que as sombras começam a cair. Sentia prazer em olhá-la? Estava em alegria? Possuído dessa decisão feliz dos suicidas? Deitado, as mãos rentes às coxas, a respiração modulando o corpo, o peito e, sobretudo, os olhos, os olhos tristes e quietos que a observavam. Também nu, despido. Continha-se; continha a decisão solitária e feliz dos suicidas. Sim.

Seios Molhados

Esforçou-se: queria também parecer puramente bela, de uma beleza estranha, inquieta e sublime, da mulher que se entrega às inquietações do próprio corpo. E que, sendo o corpo dela, é, ao mesmo tempo, o corpo de alguém que se ama, longe dela, fora dela, além dela. E para ela. E ele? Ele era mesmo sombra ou gente? Ele precisava de quê? Estava triste, acabrunhado, vazio. Não poderia deixá-lo ali atirado, sozinho, nas masmorras da morte. Ou, que fosse, que ele derramasse o próprio sangue, para glorificar a morte, para ser a morte, desde que viera ao mundo, semelhante a todos, mas solitário em sua existência, trouxe a morte entranhada na carne, no sangue que espirraria das veias tão logo percebesse a morte.

E aí ela começou a cantar. Percebeu claro quando ele moveu o braço para cortar o punho do braço esquerdo, a morte se aproximava. Pelo menos, se não pudesse impedir, teria a visão entranhada na solidão do morto; da solidão de quem morre, de quem termina. É o fim. E pronto. E a voz — a visão e a voz. A água escorria pelo corpo. Percorria as curvas. Quase cachoeira saltando nos seios. E cantava. A voz espraiando-se pelos cantos da casa. Quando percebeu, estava sorrindo. Ela sorria. E cantava. Mesmo assim, de boca fechada.

Visão no Mar Escuro

Outra vez de olhos fechados, a respiração pesada, estavam sentados na cama, Leonardo lhe disse que se lembrava do sonho que o perseguia fazia tempos: pois ela, Camila, vinha, vinha, era uma ave, a visão vinha. Estava tão próxima quanto a respiração no rosto. A cada passo as pernas agitavam-se mais, molhadas e molhadas. Os seios pequenos, vivos e alegres. Atrás dela, o mar — um mar escuro, verde-ferro e, apesar das ondas, estava tranquilo, morno; e já quase dentro do mar, caindo, os últimos raios do sol, avermelhados, intensamente avermelhados, espraiando-se pelas nuvens rajadas de sangue e fogo. O vento frio e afoito agitava as árvores, os cabelos. Tornou a vê-la igual a um sonho, ela estava ali, banhando-se, nua. Tinha um rosto encantado. O rosto de Mariana? Por que Mariana? Não era Camila? E de que forma sabia o nome dela? Sentia-se Mariana quando a vida pedia humildade, mansuetude. Simplicidade. Durante muitas noites tivera o sonho, embora se esforçasse para não ver.

Eis aí a razão do sequestro.

O bom da água molhando os cabelos, o rosto, espalhando-se pelos ombros, descendo pelos seios, circulando pelo ventre, gotejando nas curvas do umbigo, o ventre sempre terno e macio, espalhava-se no púbis e alojava-se nos pelos, escorria nas coxas, nos joelhos, nas pernas, esfriando as plantas dos pés. Exatamente naquele instante o sangue agitava-se provocando um suspiro mais prolongado e, finalmente, causando um profundo repouso nos músculos. Fechava os olhos sentindo a toalha mover-se na pele, secreta intimidade, tocando no sexo, leveza e agitação.

Leonardo sentiu que ela o abraçava, beijando-o com suavidade e ternura — os ombros, os braços, o busto, a barriga, beijando-o de boca aberta, só os lábios descendo na pele, dobrando-se, o lábio inferior, semelhante a quem não beija tão grande é a leveza dos lábios, sem esforço, mas deixando que a carne queime. As mãos moviam-se, moviam-se, e ela ficava mais tensa, ele sabia, mais tensa, compreendia, ela já nem escolhia onde esfregar os lábios abertos, mordendo-o quase, saindo da carícia para a quase fúria dos sentidos. Mariana e Camila — qual das duas?

Eternidade com Delícias

O sorriso estava escondido no canto dos lábios, bem ali, fazendo-se e desfazendo-se. Refazendo-se. Nessa curva, tênue e lassa curva da boca, onde se inventa o desejo. Ela própria, Camila, movendo-se no interior da delícia, dessa eternidade que a levava para o calor do sangue, para o sutil prazer da alma, protegendo-a, amparando-a, chamando-a para o segredo, convidando. Feito pudesse olhar-se e perceber-se, as mãos escorriam na face, e no nariz, e nos lábios, vendo-se de fora para dentro, porque precisava ver-se e acreditar-se.

Ver-se e compreender-se. Compreender-se? Ver-se é compreender-se, as palavras quase escapolem pelos lábios movidos na invenção. Um sorriso tímido, de quem tem medo, o medo de que escapula, a delicadeza de raios se espatifando. De quem o esconde nos lábios. Para mim. Para o meu segredo e para a minha eternidade. E para o meu riso, e para minha gargalhada. Frases, somente frases ocas. Onde aprendera tanto? Onde? Ver-se é compreender-se. Estaria em algum livro? Onde fora buscar estas palavras que não formam sentido algum? Às vezes as palavras, as frases, estavam impregnadas da infância, quando lia aquelas revistas sentimentais cheias de sentenças inúteis, de exortações à felicidade.

Levantou um pouco mais o rosto, para que a água descesse pela face. E pelo pescoço. E pelos ombros. Era suficiente saber que fora sequestrada para viver aqueles dias com Leonardo, que conhecera fazia tão poucas horas. Ver-se é compreender-se, continuava sorrindo. Sorria da descoberta. Bela descoberta. Os dentes escancarados. Nunca esquecer. E aí lembrou: nunca esquecer que é esta a frase? Uma soma de frases escorrendo com a água: ver-se é compreender-se, ver-se é compreender-se, nunca esquecer. Palavras pingando do joelho, da ponta do nariz, do queixo: palavras e frases feitas. É assim que as frases são feitas: pingando do joelho, da ponta do nariz, do queixo. Palavras são feito água. De novo?

Mude de Posição, Amor

Não estava nua, em absoluto. Não estava nua. Uma mulher não se desveste assim em casa estranha. Rigorosa. Antes de sair do banheiro encontrou uma calcinha alva no cabide, limpa, e vestiu-a, seguida de uma camisa branca do rapaz, acreditava, de mangas longas, não iria se expor de qualquer maneira, já arrependida de não ter trazido roupas de casa. Passou o batom rosa nos lábios. De nada lhe adiantaria a exposição da nudez, preferia o recato, usando depois uma bermuda de homem que estava na cama, a bermuda frouxa que ela segurava com uma das mãos, arrepiando-se quando viu Leonardo, na verdade, cortando o pulso numa bacia cheia d'água. Gritou com os braços abertos. A bermuda arriou até os joelhos.

Gritou, essa forma estúpida de assustar um morto. Não se importando com a imagem de uma moça espantada, as pernas dobradas, para não deixar cair a bermuda, e uma mão segurando a perna, o outro braço levantado, a boca aberta. Parada. Que posição incômoda. Que posição, amor? Essa, meu bem, essa posição ridícula de ficar parada, a boca aberta, o grito no ar, de quem, enfim, assusta o morto, o quase morto, antes de se assustar. Foram os olhos de Leonardo que assustaram mais, ainda mais, espelho de inquietação e de assombro. Gravava aquela imagem cruel de mulher sentada no vento, o corpo dobrado, sem cadeira, um braço levantado, o outro segurando a bermuda. E a boca escancarada, meu Deus, sem batom, os lábios sem batom? Imprestável.

Ele apenas voltou a face — estava novamente com a gilete tocando a pele. Não havia sangue em lugar algum, percebia. Um grito, só o dela. E aquele homem nu, terrivelmente nu, encostado nos dois travesseiros apoiados na parede para se proteger, a bacia sobre as pernas, a gilete entre os dedos. Os olhos fundos. Fundos e tristes. Tão magro que podia decorar cada osso e, no entanto, ele não era tão magro assim, no real, na vida, limpou os olhos para ver melhor, para ver. Simetricamente suicida. Fechados, os olhos dele, a respiração lenta. Com algum esforço veria a luz pairando sobre o quarto. Camila parou. Camila, santa. Camila, mística. Os dois se olhavam. Tantas as imagens repetidas. Ela pensava que era estratégia de Leonardo, o pastor.

Sorriso Caolho

O esquisito mesmo era perceber que, depois do grito, e por um momento, apesar da bacia, apesar da água, apesar da gilete encostada no pulso, arranhando, abrindo aquela parte branca na pele que antecede o sangue, os olhos de Leonardo começaram a sorrir, brevemente. Começaram a sorrir? Como é que um homem fica sorrindo na agonia da morte? Esse sorriso que parece só olho, ali na pupila, naquela coisa secreta do olho e que a gente tem vontade de brigar porque só a gente vê? E daí, o sorriso, que já é secreto, e irônico, desce para os cantos dos lábios, que não se abrem. E que se esconde, sempre se esconde mais do que ilumina, o sorriso. Ali estava, ali estava Leonardo, sorrindo. Parecia pedir, implorar: mude de posição, mude, minha filha. E só ela, somente ela, Camila, sem a ajuda de Mariana, podia ver, podia ver e se irritar. Sem dúvida provocado pela figura ridícula de mulher com a bermuda arriada, segurando-a com a mão direita, enquanto a esquerda levantada se perde no ar, e a boca aberta, cruelmente aberta, irrompe num grito. Um grito abobalhado e perplexo.

Podia dizer não faça isso. Podia. Não precisou, porém. Que é que se diz numa hora dessas? Só isso: mude de posição? Mude de posição, minha filha, que assim nada acontece. Ele deixou a cabeça tombar no ombro esquerdo, abandonou a gilete, espichou a perna direita, esfregou o pulso esquerdo com a mão direita, se encostou ainda mais nos travesseiros. Tinha um ar cansado, um ar de cansado, feito quem sai da morte mesmo, semelhante a alguém que duela com a morte, a noite inteira em combate, e vence. Davi ferido na coxa pelo anjo. Extenuado. Respirava, sim, respirava com alguma dificuldade. Lentamente. Não com a dificuldade de quem sente falta de ar, mas querendo, e mais do que querendo, desejando controlar a respiração. Com a lentidão do controle. É isso. Até porque também sorria. Girou a cabeça para ficar de frente. Olhando. Para ela. Sorria. Uma espécie de riso decepcionado e triste. Feito quem não morre. De forma alguma.

Em Busca da Santa Agonia

Numa dessas tardes de conversas no terraço, em que eles se sentavam em cadeiras velhas, rasgadas e velhas, as mesmas cadeiras, as velhas repetidas cadeiras, restos de cadeiras recolhidas nas calçadas e nas ruas, ele lhe contou como teve a iluminação de fundar a seita, Ele viera, para lhe trazer o anúncio. Precisava criar Os Soldados da Pátria por Cristo a fim de preparar os homens e as mulheres para a nova mensagem de salvação. Você lê vida de santas: Quer ser uma santa? Não se preocupe, isso não é coisa que a gente resolve. Quero ser santa, e quero ser virgem. Quer que lhe fale da visão? Que visão? Eu nunca lhe falei, não, não foi, minha filha?, eu nunca lhe falei da visão, não foi? Você sabe que tenho o hábito, do que mais gosto, aliás, de andar pelas ruas, sempre. Nunca escolhi hora, nem pego táxi, nem ônibus, vou andando, andando.

Naquela tarde, Leonardo saiu de casa, ali mesmo na Praça Chora Menino, e se dirigiu ao Centro da cidade, atravessando a Avenida Manuel Borba, com todas aquelas árvores imensas, grandes árvores, e barulho de carros, ônibus, motos. Apesar de não ter rumo, na verdade seguia um roteiro convencional. Parava em bares, pequenas lanchonetes encravadas nas paredes de casas antigas, às vezes nem mesmo bares ou lanchonetes, mas pé de escada, corredor de uma sala a outra, espaço entre casas, barracas improvisadas, bancas de revistas e barracas de coco. Sentava-se num banquinho, pedia um gole de aguardente e um pedaço de coisa qualquer — queijo, carne, passarinha, confeito, chiclete, limão, laranja, coisas. Usava batom? Você já me viu de batom, menina? Eu sou lá homem para usar batom? Que pena, não é, que pena? Você quer ouvir a história ou quer discutir? Ela ficou olhando, ficou olhando, assim como quem olha o tempo, mas sem decifrar nada, não queria decifrar nada e nem pensava nisso. Na verdade, não pensava em nada. Era apenas uma forma de olhar. Quer dizer, se é que olhava alguma coisa.

Um Sermão no Sax

Não se demorava em lugar algum, conversava, ouvia, reclamava, saía logo caminhando e caminhando, às vezes apenas de sandálias, pisava na bainha da calça, vestido numa camisa clara de mangas compridas, desabotoadas nos punhos, suando, dois ou três dias sem tomar banho, entrava em casa sem falar com a mãe, Dolores, em muitas ocasiões nem se encontrava com Ísis, a fotógrafa, doida por homem, ou por mulher, tanto faz, tomava café, pegando o pão com as mãos, nem queria saber onde comprava os alimentos. Água, muita água. A garrafa ficava gosmenta, pegajosa, visgo de suor, de sujo. As unhas grandes. Dormia sem tirar a roupa. Saía outra vez, saía novamente, e saía, e quando passava a mão na testa sentia o suor grosso, quase um dedo de sujeira, assim.

Tocava saxofone. Quando lhe faltava dinheiro para a bebida, não a comida, não ia se preocupar com esse negócio de comida, arrumava um pedaço de papelão, que era uma espécie de território da caridade pública, jogava no chão e aí tocava. As pessoas vinham, muitas vezes paravam, escutavam. Ele estava fazendo um sermão, muita gente nem desconfiava. O pastor não sabia falar, nunca sabia falar. Quer dizer: sermões, muitos sermões, ele não sabia, nem queria, aqueles longos discursos, variadas citações bíblicas, não sabia. Preferia tocar. E se não era competente na melodia, inventava, muito, muito inventava. Depois esquecia tudo, mas inventava. As pessoas gritavam, choravam, a mão direita espalmada para o alto. E os hinos religiosos iam aflorando. Provocando inquietação. Ela própria, Camila, enchia os olhos de lágrimas. Amém? Amém.

Conforto Espiritual

O instrumento não tinha estojo. Era guardado num saco de pano, a correia, de cordão simples, atirada no ombro, o sax embaixo do braço. Não era raro esquecer que andava com o instrumento. Aliás, um bom instrumentista, desses que não tendo nada específico para tocar, ou que não lhe chegasse à memória, criava, inventava, improvisava. Tudo era engraçado num improviso. Mesmo quando ficava no grave e parecia tossir. Grave para ressaltar a força maravilhosa da salvação. Não dizia uma palavra, nunca dizia uma palavra, no princípio imaginava que ele sofria de algum defeito na voz. Que bobagem, ele não falava?

Acontecia de recolher o dinheiro. Então ficava de pé numa pequena mercearia, chamada de pega-bêbado, Camila arrastava o sorriso na lembrança, para beber. Não muito. Em nenhum lugar bebia muito. Um pouco em cada lugar. E no final da tarde, sempre no final da tarde, sentava-se, sobretudo em frente de igrejas católicas, para um cochilo. Um cochilo que podia durar cinco, seis horas. Enquanto ele dormia, com o saxofone jogado de lado, alguém mantinha vigilância. Soldado, mendigo, menor, delinquente ou assaltante. Ou Camila. Ou Raquel.

Ísis, não; Ísis era lorde demais. Nunca ninguém lhe levou uma única chave do instrumento, mesmo quando o esquecia em algum lugar. Podia voltar logo, dois ou três dias depois, que o velho e querido sax permanecia ali. Intocável.

Asperezas do Bairro

Nesse dia atravessou a Ponte Maurício de Nassau, esteve no cinema Trianon, mas não entrou, porque o que gostava mesmo era ficar de pé junto da bilheteria, por causa do ar condicionado que vinha lá de dentro, e oferecia uma nesga de frio a quem estava parando ou passando. Em certas ocasiões, confundido com mendigo, que era mendigo mesmo, recebia esmolas, comprava aguardente e cigarro. Dali saiu já no começo da noite, entrou naquelas ruas do bairro de São José, depois da Igreja de Nossa Senhora do Carmo, com o vulto de Frei Caneca desaparecido, seguiu, seguiu, seguiu. Acha, ele disse acho, acha que se sentou para descansar ali na calçada onde fora a Igreja dos Martírios e pegou no sono. Ao meio-dia. Quando acordou, em vez da igreja e das ruínas, nem nada, nem nada, o que viu foi a Glória do Senhor.

Não raro, indignava-se com o bairro em ruínas. Todo o São José, o belíssimo e tradicional São José, havia sido derrubado, rua por rua, prédio por prédio, residência por residência, acabando com aquilo que o Recife tinha de mais inquieto: a beleza agônica das casas antigas, de salas apertadas e escuras, cadeiras de palhinha e móveis pesados, onde se protegia a história da cidade e de sua gente, e onde parecia haver mais fantasia do que realidade, sobretudo naqueles calçamentos de pedras escuras e luminosas, algumas legítimas pedras portuguesas. Ele andava por ali carregando o peso da história e se comovia. Bastava ouvir o sax para saber que ele estava comovido.

Um Cristo Banhado de Sol

Com os olhos turvos, cobertos pelo sono — nevoeiro, madrugada, crepúsculo —, o pastor Leonardo viu que o sol tingia o Cristo Crucificado num vitral suspenso na parede e que parecia, agora, todo uma única, grande e incandescente luz — todo um encanto poderoso, belo e divino. Sentia, ainda não inteiramente reconfortado — o corpo quente, o peito sufocado, os lábios secos. O entardecer foi se nublando, as costas suadas. Viu, Meu Deus, queria ver: Era o Cristo pregado na cruz — o vitral estragado, partes quebradas, antigo —, a cabeça arriada para a direita, quase tocando no ombro ensanguentado. Apesar das torturas de que padecera, repousava numa tranquilidade de quem é capaz de suportar todas as dores e todas as contradições do mundo. Um Cristo de Sol.

Olhando-o, sentia o corpo numa agitação delicada, leve e sofrida. E teve medo — um medo sufocante, próximo do pânico, do desespero. Mas foi, ao mesmo tempo, possuído por inusitada alegria — essa alegria confusa que não deixava de ter sofrimento, ânsias e desassossego. Medo, alegria — o mistério das águas dividindo-se em gotas que resplandeciam na luz. A alegria que envolve os mártires, heróis e santos. O sangue latejava percorrendo os segredos do corpo. Que significava? Desmaio? O sol, o fogo, o Cristo iluminado.

Que significava? Desmaio? Talvez nem tivesse dormido, apenas fechara os olhos por um instante, e ali estava a visão. Fechara os olhos por um instante? De que maneira isso acontecera? Experimentou olhar para Camila e ela estava quieta, a respiração lenta nos pulmões, os lábios finos e brancos. Sem batom, era raro, mas ela estava sem batom. Silenciaram. O cigarro estava no fim e ele quase queimava os dedos. Ainda assim insistiu no último trago, a brasa atirada fora, com nervosismo. Por isso tinha os dedos amarelados. As unhas quase sempre sujas.

Homem Entra e Sai

Agora Camila vestiu a roupa e se arrumava no banheiro, o batom vermelho, quantos minutos ali ajeitando a boca, passando os dedos nos cantos dos lábios, o pente nos cabelos, ajeitava as sobrancelhas. Não uma dessas roupas de saída, nem de baile, de festa, mas a roupa de quem festeja a humildade. Apenas a bermuda folgada de Leonardo e a camiseta cheirando a suor. Tudo nele cheirava a suor. Teria de encontrar um cinto ou um cordão para apertar a cintura. Apertar, literalmente. Não quis acreditar no que lembrava. Chega de lembrança. Não tem outra coisa a fazer? Deus estava ali, estava ali sempre, como a luz de Deus pairava sobre a humanidade no momento em que vivia entre escombros? Não, não era aquilo que queria recordar. Sentou na bacia do sanitário com roupa e tudo, tomou o espelhinho de mão para se ver, para ajeitar o batom, para não recordar. E para não ter de ficar ridícula na hora da morte de Leonardo. O que é preciso lembrar? Não, não quero. Prefiro não lembrar. Nem falar.

Sabe Miguel? Não, sei não. É bom parar com isso, não quero Miguel, não quero Leonardo, quero dormir. A questão é o inevitável: Tudo aquilo se parecia muito com o que lhe contara Miguel, o primeiro homem a lhe falar de Deus com um fervor nunca revelado, ainda nos tempos em que participara da guerrilha contra a ditadura militar, também ele extraviado no mundo. E não usava batom. Miguel nunca usava batom. Nunca usaria. Foi justo o que ela disse a Leonardo quando voltou para a cama, já agora desfeita de todo assombro e de todo riso. Ele colocara a bacia de lado, e era possível observar uma gota de sangue no pulso do homem que fingia dormir, ou que na verdade dormia, insistindo. Depois do silêncio, de um breve silêncio que nem ouvia a respiração feito o quarto estivesse suspenso no mundo, repetiu a pergunta que fizera a ela mesma, fazia tão pouco tempo, sabe Miguel?

Então, Leonardo, eu vou me lembrar. Enquanto você morre, eu vou contar. Você não desistiu de morrer, desistiu? Só uma ligeira pausa para ouvir a história. Depois você morre.

Tira Miguel, Tira

Você não conheceu, conheceu? Miguel, amigo de Padre Paulo e de Jonas? Não conheceu. Você não conheceu e nem eu me lembro bem da história. Eu, que fui amiga e namorada dele. Agora, sim, agora ela mesma se lembrava, e não no instante apenas em que se perguntou sabe Miguel? Pode contar tudo a Leonardo, o pastor. O problema é que só vai se lembrando da história à maneira que conta. Ela não sabe a próxima palavra, a próxima frase, não sabe a segunda oração, não sabe o terceiro parágrafo. Nada sabe. Nem mesmo se lembra do dia em que teve de desfilar com uma vela acesa na sala escura, só para agradar o amado. Não foi na mão, foi, Camila? Não foi com a mão que você carregou a vela? Não, não foi, ela responde, mas por isso mesmo não quero me lembrar de Miguel. Foi na parte dolorosa do corpo. Não digo, não digo. Feito um animal. Quadrúpede. Assim? Assim. Você carregou a vela assim? E doendo, doendo muito.

Tira Miguel desta história, tira.

Se lembra do que não quer se lembrar e esquece, por que esquece?, porque quer esquecer. Não quer contar. E se contar? Meu Deus, não peça isso a mim. Não já disse, não disse? Que você desfilava com a vela acesa na parte íntima das nádegas, não perca a respiração, não já contou? Ah, meu Deus, por que você repete? Não quer falar, não fala. Não é que eu não queira contar, é que não me lembro. Esquece o que está na lembrança. E a lembrança vem: a próxima palavra esquecida, a próxima frase, a próxima oração. Não sabe, nunca sabe a próxima palavra. Lembrar quer dizer esquecer. É isso, não é? Ah meu Deus.

Ma-ri-ama

E também não se lembra de Mariana, não esta Mariana que ela é, de quem gosta de ser, mas da outra Mariana, daquela outra Mariana que já é conhecida e amada pelo silêncio, Mariana que se ama. Ama-se e é amada. Sobretudo por ela, Camila. Mariana, Ma-ri-ama, Maria ama Maria. Mariana ama Mariana. Mariana, ri e ama. E também por ela, Mariana, tão confundida com Camila. Era a filha de Davino e Ester, amada pelo irmão Agamenon, possuída sexualmente e enojada por ele. O mesmo destino de Camila, sequestrada e nunca resgatada. Rejeitada, sempre rejeitada. E nunca resgatada. Rejeitada pelos amigos, pelos amantes, e não resgatada pelos pais. E feliz, muito feliz, na rejeição. Quero ser rejeitada, dizia, para amar a rejeição. É uma oportunidade de amar. Toda oportunidade de amar é sublime, dizia entre risos pequenos, tão pequenos que nem precisava abrir a boca. Menos ainda, os lábios.

Contando nos dedos quantas vezes aparece a palavra amor.

Humildade Humilhada

Gostava de ser rejeitada. Humilhar-se para ser humilde. Era o sinal de Mariana, Mariana aquela menina cujo pai viu-a ser possuída pelo irmão, pela fresta da porta do quarto, e que se escondeu para não reparar. Você se lembra disso? Sim. Continue. O pai fazia de conta que não reparava, mas via a posse, os dedos levantando o vestido, e tirando o cinto, e abrindo a blusa, trêmulos. Via e lamentava, mas não fazia nada. Como se ele, Agamenon, o pai, tivesse alegria na posse das carnes da filha. E que ela própria, Mariana, também fez que não via o pai porque já o havia perdoado. Fora possuída e não queria magoar o irmão. Depois teriam tempo demais para se arrepender.

Também ele, o pai, humilhado. Humilhado na sua estupidez. E caído com os ombros arriados.

Não aquele pai, o seu pai, o de Camila, que lia jornais, e a mãe que dizia o que é, José?, amassando o pano de pratos. Aproveitou de Mariana esse espírito de absoluta renúncia. De humildade. E mais do que humildade: de humilhação. Por isso se alegrava com a rejeição porque Deus lhe dava uma oportunidade de se humilhar, e de reconhecer-se a menor das criaturas. Nesse momento era bom saber-se humilhada, humilhar-se, não sendo, portanto, uma Ísis que se atirava na loucura do sexo, e que era também o oposto dessa Mariana tão querida. Sabe como foi? Não, eu não quero falar disso agora, não. Está bem. E lhe falo de tudo quando quiser, está bem? Então descanse e vá tocando o sax para a frente. Siga mesmo, cuidado com esta gilete, está bem? Cuidado com esta gilete.

Bom mesmo é que ele se levantasse, deixasse aquilo, e tocasse saxofone. Mesmo que fosse para pedir esmolas. O pastor gostava de pedir esmolas. Ele dizia que não, que não era homem disso, mas era, todo dia, toda hora. Bastava tomar um banho, embora soubesse que ele não gostava de tomar banhos. Só admitia quando os dois estavam debaixo do chuveiro. Nas festas e nas folias de amor. Que mais tarde viveu tanto e que gostava de lembrar. É sério. Era a memória do futuro. A que, lenta, ajudava a construir a sua vida. A vida. E vive agora com aquele negócio de morrer. Que coisa mais besta.

Caneco Amassado

Leonardo bebia, bebia, bebia. E ela, se também tivesse bebida ali, até queria um gole. No princípio nem pensava em religião, nem nada, agora as pessoas falam, todas as pessoas falam e falavam em Deus. Umas para ressaltar os prazeres do Paraíso, outras para negar a existência divina. E outras, bem outras, que tinham orgulho de não acreditar em Deus. Mas fora Absalão, estava se lembrando dele, era isso que queria contar, escuta, Leonardo, escuta, não vou falar de Miguel, agora, a história de Miguel dói muito, foi Absalão quem me disse Deus está em toda parte, Ele vê, e acrescentou a história que vivera no cabaré de Salgueiro, o Caneco Amassado, no dia em que perdeu a virgindade masculina, a bendita virgindade masculina. Homem virgem, é? Pintou o nariz com o batom vermelho. Homem é quenga desde que nasce.

Para que contar esta história de Absalão? Não tem sentido. Tem, sim. Porque não quero, pelo menos agora, contar a história de Miguel, e por que esse interesse por Miguel, você nem conhecia ele? Então, pronto, não quer falar de Miguel, então não fale, diga aí alguma coisa desse chato, como é mesmo o nome dele? Absalão, o irmão de Mariana, que você também não conhece. Na verdade, pastor, é tudo gente que você não conhece. Tudo gente lá de Salgueiro, você conhece Salgueiro?, não conhece, conhece? Então a gente de lá é gente boa, tudo gente muito importante, não adianta ficar perguntando.

Faz tempo nem se lembrava de Absalão. Faz tempo, um termo. Ele nem deveria estar aqui. Nem ele nem Miguel. O pior é ficar tentando se lembrar aos poucos, Leonardo, uma palavra se junta a outra até formar uma frase. E depois esquece a frase. Nenhuma frase fica para sempre. Por que é que eles foram aparecer? Amém? Amém.

Sopro da Memória

Absalão, ela disse, é essa a história que eu quero contar mesmo?, tem certeza?, é só para ilustrar o amor divino, minhas dúvidas religiosas, pastor, conversei com ele sobre isso, e ele disse, com toda a sinceridade, que houve um tempo em que descobriu que se encontrava também diante de uma nova armadilha para a sua alma. De forma que agora era Absalão falando ao seu ouvido, só assim ela se lembrava, só assim, porque não se lembrava segundo a lembrança, mas porque Absalão vinha, pessoalmente, soprar no seu ouvido. Se lembrava de acordo com o esquecimento. E o que é que ele estava dizendo? Ele dizia, ele dizia, não, ele diz agora, que passara a noite anterior mergulhado na Bíblia, uma leitura sagrada e fantasiosa, que o atormentou, que o agitou. Daí a necessidade que sentiu de abrir as porteiras do mundo. Ele disse: Porteira do mundo? Sim, ele está repetindo para ninguém esquecer: Porteira do mundo. Para entrar na vida o homem não precisa passar pela Porteira do Mundo, ali no corpo da mulher?

E em vez de ir à igreja, de procurar um padre, de procurar um pastor, de se confessar, dirigiu-se ao cabaré com o tio Lourenço, ele só queria alimentar a minha fé, e se trancou no quarto com uma mulher, de cujo nome só vai aos poucos se lembrando. Desculpe, mas antes de entrar no quarto com a mulher, você se batizou ou foi batizado no reino da putaria? Ele também, espera só um momento que Absalão também tem que puxar pela memória. Só estou me lembrando, a voz é dele, está entendendo?, por isso é preciso fazer, às vezes, uma parada, porque ele procura na memória, esquece e depois se lembra. Mas o que é que ele está fazendo aqui mesmo, você sabe? Eu só estou ouvindo, Leonardo, eu não posso perguntar nem responder nada. Ele está querendo dizer que para atingir a santidade é preciso antes conhecer o outro lado, o lado escuro, o lado do lodo e do lixo, o homem sangrando nos pecados, no reino da putaria. Ah, meu Deus, tira esta palavra dos meus lábios.

Mais Sopro, mais Memória

E não era a história de Miguel, que prometeu contar? Não, Miguel não. Depois eu falo dele. Depois eu conto. Absalão está aqui faz tempo. Agora vou escutando. Escutando e contando. Está bem assim? Não, eu não ouço vozes, esta aqui é a voz da minha memória, já lhe disse. Ninguém precisa ser doente para se lembrar. E se lembrar da voz dos outros contando. Veja bem: se a memória falha, recorro a Absalão, que vai contando no meu ouvido, posso quase sentir a respiração dele no meu ouvido. Mas é o ouvido da memória, está entendendo? A respiração dele é densa, pesada. Não, nunca fui, eu, Camila, para a cama com Absalão. Até porque essa não é a minha história. É a história dele, Absalão, porque Agamenon, irmão dele, amou Mariana, irmã dele e de Agamenon, e depois vomitou. Por que estou contando? Porque preciso falar sobre as minhas crises religiosas. É a história de Absalão e, ao mesmo tempo, a minha história, esse é o motivo da história. Depois eu falo de Miguel. Amém? Amém.

Mas no batizado, havia um violeiro que cantava assim desça musa esplendorosa sobre o Sertão espinhoso, e nas Pedras alumiadas deste Mundo espantoso, lança os dons da cantoria e dá que haja Putaria no sangue deste fogoso. Bebeu, comeu, bebeu, foi batizado na safadeza. Espichou-se na cama. Fechou os olhos. Soletrou a palavra Deus — Deus. Uma palavra, foi no que pensou, é uma montanha. É preciso escalá-la, arrebentando-se para o Alto, para o Alto e para o Sagrado, e de lá, ao contrário, contemplá-la em sua face tríplice: o som, a cor e a forma. Deus. Raquel perguntou o que ele estava dizendo. Assombrada? Ela se chamava Raquel? Raquel não era a irmã prostituta, a de corpo social, de Leonardo? Ele nada disse, mas nunca mais ia esquecer aquele corpo nu, os peitos balançando, com um rosto de horror, indagando o que é que você está dizendo? Qual é o som da palavra Deus? Uma pedra atirada no rio. Bem fundo. Uma pedra pesada demais, imensa. Deus.

Uma palavra depois da outra, uma frase depois da outra, vai se lembrando de tudo, não é? Coisa de reza. Lembra muito, lembra demais. Coisa de rosário lá do interior, deste interior que já nem se conhece mais. Uma reza e mais uma reza e mais uma reza. Mas também uma palavra que desmancha a outra e ainda uma frase que desmancha a outra, formando, ao longo, uma história. Às vezes mudando, às vezes juntando, esquecendo, lembrando. Está sabendo? É assim a memória do ouvido.

Boca, que Ris de Mim

Raquel passou a perna sobre o corpo dele. Estava sobre ele. Raquel? Raquel já entra aqui na história? É assim, é? Todas as vezes que eu quero ser prostituta social, não uma prostituta qualquer, mas uma prostituta social, quero também ser Raquel. Ela conhece da arte. Então continue. Os joelhos de Raquel enfincados na cama. As mãos apoiadas no colchão de capim. A respiração bem próxima do seu peito. Uma prostituta. Uma rapariga, uma puta, feito se diz. Depois tirou as mãos do colchão, passou-as no seu peito. Beijou-o no pescoço. A boca sem dentes. Até que se deitou completa. Abraçou-a. Estavam suados. Esboçou um sorriso. Coisa sem graça, inexpressiva. Não podia permanecer tanto tempo ali, incapaz. Fantasiou o melhor carinho.

Mas se você usa o nome Raquel, por que não usa mesmo Camila? Fica mais fácil. Dá uma agonia ouvir você falar assim. Então está bem, já que você insiste, não vou mais chamar a prostituta do Caneco Amassado, aquele cabaré de Salgueiro, de Raquel, mesmo que esse nome seja o nome dela mesmo, vou chamá-la de Camila e me chamar de Camila, se isso ajuda, tudo bem. Está melhor assim, se faz parte de sua história, então que custa, não é? Tudo bem.

Ela gemia. Gemia e sorria. Uma prostituta não é uma mulher jogada no mundo. Tem uma forma física. A forma física da prostituta social. Agradável, sensível. Mesmo já sendo velha e desdentada. Camila beijava os seus lábios. Seus dela ou seus meus? É claro que é seus meus. Com batom ou sem batom? Boca: nunca te beijarei, boca de outro, que ris de mim; ris sem beijo para mim, beijas outro com seriedade. Por que naquela noite pensara tanto em Deus? E com tanta seriedade? Por que naquela hora? Justo naquela hora, meu Deus? Justo agora. Queria pensar noutras coisas. Então devia esquecer Absalão. Tanto que gostava dele. Daquele drama em busca do Divino. Contava, implorava, dizia. Sempre assim. Mas por que foi se meter a ser santa? Tem tanta coisa na vida. Tantos lábios e tantos batons. Era assim mesmo. E tanta boca, e tanta boca, e tanta boca.

A história de Miguel? Que história? Ah, a história de Miguel conto depois. Você atrapalha tanto.

Passeios a Ver Navios

No domingo, mesmo no domingo, o dia azul, ainda que tenha muito sol, o domingo é azul, somente? não o azul caixão de anjo, mas o brilhante azul celeste, não, azul e cinza, cinzento, mais?, a família dos Soldados da Pátria por Cristo cumpria o rito. Leonardo na cabeceira, você sempre está atrasada, Camila, e também Ísis, a cabeça quase tocando no prato, os dedos trêmulos, nunca viu um relógio na vida? e Alvarenga, deixem a menina em paz, o gordo de cara de anão, ombros estreitos e barriga grande, vestido de Papai Noel nas festas do Natal, embora deteste ser chamado de Papai Noel, mas sempre usando o gorro de Papai Noel, todos os dias. Como é que uma pessoa não quer uma coisa e faz? Vá entender, vá.

Raquel almoçava mais rápido aos domingos para, usando a minissaia azul de cetim, sapatos pretos e meias brancas, passear no Porto do Recife, com uma sombrinha transparente, cor-de-rosa. Não conversavam, os dois, Raquel e Alvarenga, passeando ali no Marco Zero, acompanhando a Avenida Alfredo Lisboa e atravessando a Torre Malakoff, para alcançar a Rua do Bom Jesus, com inúmeros bares, cadeiras nas calçadas junto a muitas mesas. Flanelinhas, engraxates, bêbados. E, quase sempre, uma banda tocando num coreto improvisado, sem ninguém para dançar, muitos para ouvir, e nenhum entusiasmo. E orgulhosa, ela ficava mansamente orgulhosa, de braços com o amado. O que quase não viam eram os navios. Raros. Alguns bem distantes, só o vulto se arrastando nas águas. Lá, bem lá. E poucos, muito poucos. Tão raros. Dias inteiros, tardes inteiras, noites inteiras, e os navios apenas só luzes no oceano. Quando surgiam. Às vezes, nem isso. Só as águas quietas batendo nas pedras do Marco Zero.

Quem viu? Quem viu o quê? Quem viu os dois passeando, quase fantasmas, pelas ruas do Porto do Recife? Tão velho que o bairro era chamado de Recife Velho? Ruas quietas, abandonadas e solitárias, ainda com pedras no calçamento, estreitas, as ruas eram estreitas, e tão esquecidas que os cachorros do domingo nem se lembravam de passar por lá. Os pequenos, tristes e mansos cachorros do domingo.

Na verdade, quem viu, também raramente via, foi Camila, que usava aquela roupa solta, o vestido sem cinto, só pregueado nos lados da cintura, e sem meias brancas, as meias brancas que gostaria de meter no sapato de plástico verde. Amava as meias brancas de Raquel, até que mais tarde poderia comprar um par com o dinheiro das sobras? Sobras de dinheiro? Onde havia sobra de dinheiro? Meu Deus, lembrava-se da humildade e aí parava diante do prato na mesa. Era humilde e era pobre. Que ainda era domingo. Está lembrado? A família estava almoçando.

Camila ali, de batom vermelho, e o espelhinho na mão.

Meias de Raquel

O certo é que teve vontade de perguntar já pagaram o resgate. Se pagaram, quero fazer um passeio pelo Recife Velho com Raquel e Alvarenga, comprar um par de meias desse igual ao dela, não, aliás, não, ela vai me vender este par de meias, o dela, as meias que ela comprou na Rua das Calçadas, em São José, as meias brancas com elástico para não afrouxar e não quero nenhuma outra marca. Tem que ser assim e assim será. Sem dúvida. E a humildade? Por um momento me livra dela, depois a gente se acerta. E eu vou andar muito, andar muito pelas ruas, semelhante faz Leonardo, sentindo o calor dos pés de Raquel, o calor e o suor. Vou andar e exibir as meias com elástico. Vou fazer tanta inveja. As meninas perguntando onde você comprou este par de meias, tão belas contrastando com as brejeiras anquinhas imperiais. Só não queria dobrar a esquina e encontrar o pastor tocando saxofone para comprar bebidas. Não gosto daquilo, confesso. Seria melhor um púlpito com microfone e tudo.

Mas ainda ia decidir se voltava para casa, a verdadeira, a do pai lendo jornal e a mãe perguntando o que é, José? Estava muito bem aqui, com o pastor, Os Soldados da Pátria por Cristo, as meninas Raquel e Ísis — onde andava Ísis? Ísis é que aparecia pouco, tão pouco, com aquela vida aventureira de cair na grama com os amantes nas festas de clubes e casas-grandes, para amar e amar, só abrindo as pernas num canto de muro ou no centro do baile ou com o pastor, que era quem ela mais queria. Sempre queria mais o pastor. E, mais de uma vez, apareceu em Arcassanta só para os encantos da cama com o irmão.

Sem Medo nem Mistério

Ficou ainda mais em silêncio, mesmo no instante em que puxou o banco para se sentar à mesa do almoço no domingo e viu, com absoluta convicção, os olhos de reprimenda de Leonardo. Parece que ele estava sabendo que ela não queria ir embora e que por isso jamais teria o dinheiro dos pais, o resgate. Quantas reprimendas, todos os dias, todos os instantes, a não ser nos momentos em que estava falando em santidades e em visões, justificando a igreja, e a igreja não saía do lugar. Ele ali sempre embriagado, fumando no terraço com um pé na cadeira, o pé esquerdo sem sandálias, ele coçando o dedão, e exigindo telefona para teu pai, ele não quer vir te buscar, não, que homem é esse mais sem coração. Mas era, era sim, a oportunidade que havia de ela ser humilhada e, mais do que humilhada, se humilhar, dessa humildade que é capaz de transformar a vida. E ele, o pastor, parecia falar, sempre, parecia falar sempre. E com a boca fechada.

Algo assim feito também falasse, no mesmo instante estivesse respondendo à pergunta que não tinha sido feita. Talvez até escutasse. Não mais do que um segundo, nada mais do que isso, com a densidade e a força do olhar. Até porque ela não ia responder, jamais responderia. E sem medo, ela não sentia medo nunca. Quando estava capaz de sentir medo, mudava de ser. Não só de ser, mas de nome também, com corpo, nervos, sangue e tudo. Tudo, quer dizer, personalidade. Ia de uma pessoa para outra com enorme facilidade. Sem mágica, sem terreiro, sem mistério. Nada disso. Bastava querer. Agora eu sou Raquel, e é Raquel. Agora eu sou Ísis, e é Ísis. Agora eu sou Camila, e é Camila. De acordo com as circunstâncias. De acordo com os problemas. Sem mudar de roupa. Nenhuma mágica. É só querer e acontece. Fenômeno nenhum. É só querer. Preocupada com Melissa. Quem é Melissa? Até Biba ela podia ser. Sempre que desejava, mudava de corpo. Sem necessidade de fenômeno. E Paloma?

Lindas Anquinhas Imperiais

Se o resgate foi pago, ia passar uns dias num hotel até voltar para casa, depois de passear com Raquel e Alvarenga no Porto do Recife, sempre numa tarde de domingo, e com a banda de música tocando retreta para ninguém. Para os ouvidos moucos da cidade. Não voltaria logo. Os pais entenderiam que deviam ter pago logo, e não deixá-la todos aqueles anos em companhia de gente desclassificada. É isso, que não deixava de ser gente desclassificada. A questão é que se apegara a essa gente, talvez tivesse de dizer amava essa gente, que eram as pessoas desclassificadas que se devia amar. Qual a cor do batom agora? Precisa escolher uma cor que represente a família. Toda a família. Talvez rosa choque. Vai, Camila, vai no mercado comprar um.

Não pensava mais, só às vezes, em se transformar num anjinho de calendário, com asas, coração partido por uma flecha e tudo.

Passou por Leonardo depois de recolher os pratos usados na mesa. Levou-os para a cozinha. Na volta disse se eles pagaram o resgate, pastor, por favor me empreste algum dinheiro porque quero aproveitar um tempo. E se seus pais exigirem logo sua presença? Não, não vão exigir nada, nunca exigem nada. Não queria carro nem nada. Ia andando, feito se diz, a pé. Vestindo uma daquelas roupas do tempo do Império: saia longa, até os tornozelos, terninho de mangas compridas, e um laço imenso caindo sobre o busto, além de botas longas, chapéu de penacho e sombrinha, os cabelos, claro, encaracolados. Por que não uma sombrinha? Sombrinha de que cor? Precisa, necessariamente, ter uma cor? Digamos, verde-claro. Não, digamos, verde esmaecido. Assim — verde-claro. Não sei, de acordo com o batom. E pronto. Sem humildade, sem humilhação. Meu Deus, me perdoa se eu pecar.

E de ancas, as lindas anquinhas imperiais. Semelhante fazia quando, cansada e monótona, dirigia-se à confeitaria para um lanche ao crepúsculo. Aquela confeitaria, aquela, aquela mesma onde viu Leonardo tocando guitarra. Foi preciso procurar também o sapato de salto alto num lixo. O melhor que encontrou, depois de tanta procura, foi um só sapato, sem o par. Que ia fazer, não era? Ia à confeitaria com um sapato alto e outro baixo.

E de batom. Ela, ela usava batom.

Vinho e Cachaça

Prometia esquecer o sequestro. E esquecia. Ninguém podia contê-la. Qual a cor do batom para esquecimento? Procurou no cós da calça onde guardava a bolsinha. Talvez branco. Desse branco que fica iluminado de canto a canto. Então usa batom, Camila, vai, usa batom. Leonardo não perguntava o que ela estava fazendo. Ela só esperava o descanso depois do almoço. Tudo depois do almoço é descanso. Descanso preguiçoso de cama ou de rede. Descanso de domingo, então, largo descanso de domingo depois do almoço, opulento, distendido, imenso. Quando saía todos estavam ocupados, dormindo ou lendo, gordos de preguiça e de lentidão. Aos domingos, aliás, não faltava comida — regra geral. Ísis trazia pratos de feijoada, e Raquel oferecia um bom sarapatel com uma lapada de aguardente. Só uma. Para não entusiasmar o pastor. Alvarenga oferecia doces e chocolates. E Camila? Camila nunca dispensou um cálido cálice de vinho. Com muito cuidado, para não desfazer o batom.

Rumava para o Centro da cidade — tudo naquele tempo convergia para o Centro —, tomava um ônibus na Avenida Rosa e Silva, chegava logo. Atravessava ruas caminhando, sempre caminhando, era preciso, exibindo-se, verdade seja dita, tão linda se achava com as anquinhas, que ela preparava com tachas e tariscas de madeira no quintal da casa-grande, não conversava com ninguém, pisando sempre nas pontas dos pés, arrebitando, arrebitando as anquinhas; e imaginava olhares de pessoas que a observavam mas não a desejavam; desejo não, desejo está fora, desejo é pecado, só aquela mulher que baixava os olhos, discretamente, para não ver a curiosidade, a loucura dos olhares. Ela não tinha alguma coisa de Ísis? Era melhor ser Ísis ou Camila? Jogava um tanto dos pecados para Ísis, que ela merecia, a safada, ardia no fogo. As botas escorregavam nas calçadas, equilibrava-se, seguia. E quando chegava na confeitaria o pianista já estava tocando. Só. Naquele tempo o pianista tocava só. Sem guitarrista nem contrabaixo. Nem mesmo o baterista. Que a banda era o mínimo. A banda de um músico só? Aliás, percebeu que em muitos lugares acontecia assim: simples e simples. Só o pianista, solitário. Gostava tanto daquela gravata-borboleta preta que ele usava.

Camila dos Meus Ais

Mas sentia-se também cansada, algo depressiva, ia no orelhão da esquina, colocava um lenço na boca, falava grosso, quase rindo, o pai atendia ao telefone. Os sequestradores vão matar sua filha. Quem está falando? Não deixe mais a menina com eles. Quem está falando? Você não sabe do que eles são capazes. Sabemos, sim, sabemos de que são capazes, são capazes de matá-la, mas é melhor que deixe isso com a gente, e se ela morrer você mesmo telefone avisando. Batia o telefone e voltava chorando. Chorando mesmo. Não rindo, chorando. Quer dizer, esse choro cujas lágrimas ficam penduradas nas pálpebras.

Então percebia que precisava chorar com classe, precisava chorar com elegância, com muita elegância, sem mexer no batom, que batom?, que batom estava usando? Meu Deus, não quero mais falar nisso, não, batom não. Senhor, fazei-me esquecer essa coisa antipática, alivia a minha alma, dai-me um refrigério, Senhor. Ó, Senhor, Senhor. Na mesa, pegava o lenço com as pontas dos dedos, limpava discretamente o canto dos olhos. Quem é assim: Raquel, Ísis? Mariana, não, Mariana nem usa batom, desculpa, Mariana. Basta ser ela, Camila. A Camila dos meus ais. Esfregava o batom claro, bem claro, quase da cor da pele, até porque bastava, assim mesmo, mexer os lábios, e eles já estavam sanguinolentos. Meu pai dizia, dizia sempre palavras difíceis, meu pai que fala comigo daquela forma. Humilhar-se, humilhar-se sempre. Meu pai? Que é isso? Primeiro porque meu pai não fala, só lia e lia jornais, minha mãe perguntava o que é, José, e eu já nem estou juntando as coisas.

Ficava assim parada, sentada no meio-fio, vestida nas lindas anquinhas imperiais, e escavacando o chão com a ponta da sombrinha. Nunca mais quero ser sequestrada. Juro. Nunca mais.

Anjinhos de Calendário

Outra vez em casa, semanas seguidas, imitava anjinhos. Usava um vestido curto de tule branco, lenço vermelho na cabeça, lenço grande, ajoelhada, rezava com as mãos postas, se curvava sobre a cama, imitava calendários e cartazes. Era anjo ou anja? Basta ser anjinho de calendário e já é muito. Teve um tempo em que usou uma coroa de flores. Mas dava muito trabalho, tinha que aguar todos os dias, nunca lhe disseram que eram flores de papel e ela não ia adivinhar, não é verdade? Custava uma pessoa dizer, e ela dormia com a coroa de flores no jarro d'água, para não murcharem. Que custava?

Ninguém lhe dizia uma única palavra quando, assim vestida, caminhava no casarão de Arcassanta para limpar a mesa, jogar o resto de comida no saco, levá-lo depois no lixo, onde se acostumou a passar algum tempo sentada numa cadeira velha, de couro, ou recolhendo aquilo que lhe pareciam remotas preciosidades para famintos. Nos dias em que se sentia indisposta para ir à confeitaria, sentava-se ali a bordar, sem ter noção sequer do que estava fazendo. Passava um tempo enorme vendo quando os porcos se aproximavam fuçando e roncando. Distraída. Distraída com o bordado. Distraída com a bondade. Vestida de anjinho de calendário ou com as anquinhas imperiais.

Teve um dia em que descobriu um bolero no lixo da rua mais próxima. Sabe o que é bolero, não? Não, que é isso?, não é música de cabaré, não. É um bolerinho, daqueles que se usa por cima da blusa. Sim, sim, assim mesmo. Mas demorou tão pouco tempo. Estava muito velho. Estragado. Quem usava não tinha muito cuidado. Mas foi uma ousadia e tanto, não sabe?

Rindo com a Solidão

Voltava a sonhar, então, com as anquinhas imperiais. Aquelas maravilhosas mulheres de antanho, vestidas em saias longas que escondiam as bundas e destacavam as anquinhas, fofas anquinhas, tão belas, tão arqueadas, as curvas fantasiosas, eróticas e dengosas. Costurava, costurava e bordava. Cortava e emendava panos. Recolhia mesmo no lixo, ou nos vários lixos da rua, restos de blusas e saias, pedaços de calças compridas, linhas e cadarços, botões, lenços e flanelas, punha-se a costurar. Manhãs, tardes inteiras. Fazendo experimentos diante dos espelhos, mesmo dos pequenos espelhos das bicicletas e dos retrovisores. Ria, ria tanto, ria muito, experimentando o próprio rosto, saudável, querida, mansa, e colocava os dedos, apenas os dedinhos sobre os lábios, a ponta dos dedos, e olhava o espelho, e olhava o rosto, e olhava os dedinhos, as unhas tão puras, rosadas, brancas. Finas.

Andava pelo corredor, exibindo-se. E usava sombrinha. Não esperava que falassem com ela. Aliás, não falava com ninguém, com ninguém, porque afinal uma mulher que usa uma anquinha daquela não pode gastar palavra com ninguém. Nunca mais, nunca mais ia usar roupa de anjinho de calendário, queria somente as ancas, as anquinhas. Que bobagem, pensar em anjinho de calendário. Foi no tempo da infância, ela se lembra, no tempo de meu anjinho do Senhor, meu zeloso guardador, só a Ti me confiou, e o resto? nem se lembrava do resto. Devia parar agora: não se lembrava das rezas? Era preciso voltar a elas, imediatamente. Se recolha, Camila.

Vestida na anquinha imperial, agora com gravata grande de veludo e ombreiras, levava o lixo para o monturo, atravessando o corredor, a sala de jantar e o terraço. Não precisava mesmo falar com ninguém. Mas também ninguém falava com ela. Muito menos para comentar o vestido alinhado. Justiça seja feita, e para não esquecer, o bicho do pecado mordia a orelha, às vezes se imaginava uma daquelas menininhas safadas arrebitando a bunda e pisando nas pontas dos pés, a barriga de fora, o peito empinado, luxúria de mulher, de moça, de menina, nem queria pensar. Luxúria, que palavra é essa, Camila? Seja mais Mariana, mais modesta, mais calma, mais humilde. Esqueça Ísis, isso é coisa de Ísis. Menina nem pensa nessas palavras. Não pensaria de verdade. Não queria nem desejava. Bastava lembrar o coração simples de Mariana. A leveza que era Mariana — Mariana devia ser azul e branca; apenas azul e branca. Uma pessoa pode ser azul e branca?

Luxúria é palavra de Ísis. Ah, sim, é verdade, cada mulher tem uma palavra somente para ela. Nem precisa se lembrar. Mas que custa ser um pouco Ísis, hein, que importa?

Porcos e Galinhas

No lixo, os porcos começaram a aparecer. Sobretudo porcas com filhotes. Fuçavam aquilo tudo, às vezes nem se importando se ela estava por perto, batiam nos seus pés, nas suas pernas, nos seus joelhos, derrubavam o bordado, avançavam nas sobras de comida. Não foi afeição. Queria criá-los para pagar o resgate. Talvez pudesse voltar para casa. Quem sabe resolvia o assunto antes dos pais. Mais tarde, ainda, poderia ajudar nas finanças dos Soldados da Pátria por Cristo. Leonardo não ia reclamar de nada, nem tinha razão. Construiu um coxo depois de dois dias de trabalho, cavando a madeira, abrindo um tronco de árvore. Colocou-o assim num canto externo da casa. Durante as manhãs os porcos comiam, ela bordava. Também nunca ninguém reclamou. Ninguém.

Porque vinham também os cachorros, os galos, as galinhas, os pintos, os gansos, os patos, os gatos. Gatos brigavam com cachorros, cachorros brigavam com gatos. Nunca teve apreço por cachorros. Nem por gatos. As pessoas andavam tanto com cachorros e gatos pelas ruas, e ela pensava o que é isso, hein? Porque lhe parecia que as pessoas amavam mais os bichos do que as pessoas. Está certo que amem, mas as pessoas merecem, não merecem? E, no entanto, que grande constatação, queria tanto ser uma gata. Não, gata não. Gostava mais dos galos.

Os galos, talvez. Mas eram arredios. Se aproximavam pouco. Os porcos, não, os porcos vinham e chegavam. As porcas defendiam os filhotes. E também lutavam por eles. Uma raça estranha, esquisita, bela. Faziam barulho, muito barulho. Mesmo depois que construiu o coxo. De propósito, dois, três porcos ficavam comendo no mesmo lugar. Pulavam uns sobre os outros, roncavam, grunhiam, muito barulhentos, muito. Não se afeiçoou por nenhum em particular. Não quis, não sentiu desejo, não procurava. Era só isso. E por isso. Mas soube que os criadores de porcos usavam macacões. E é claro — fez um para ela. Encontrou tecidos, linha, botões. Não queria um modelo que todos usavam. Foi, é claro, mais uma vez em busca do monturo, do lixo, do resto. Aí encontrou uma calça velha de brim e uma camisa cor de saco, juntou uma com a outra, emendou daqui e dali, não foi difícil encontrá-la, dias seguidos, mancando, porque uma perna da calça era maior do que a outra, puxava no fundo, desconfortável.

Para Trás, os Ratos

E também pediu ajuda a Conrado, ah, quase esquecia Conrado — o homem que andava de costas para encontrar o passado. Bem antigo, ele. Com aqueles óculos rayban, roupa folgada, calça e paletó, a camisa branca e a gravata preta, frouxa, para não se enforcar, às vezes ele dizia quando estava bebendo vinho na confeitaria, com ela. Foi ele quem reforçou a ideia de que o mundo estava muito adiantado, adiantado por demais, por isso precisava voltar um pouco, caminhando os dois, pelas calçadas, de costas para as pessoas. Tenho, Camila, uma saudade danada do século XIX, afirmava sonhoso, os olhos mais para trás do que para a frente. Via para dentro, espírito antigo.

Conrado tinha mais jeito de tratar com aves, bichos e animais, sabenças passadas, as dele. Paixão imediata, olhos quebrados de ternura, tudo por amizade, paixão de amigo, desses amigos de sempre e para sempre, mesmo quando inimigos, mesmo quando inimigos se marcam como amigos, têm uma amizade de ódio, por pura e delicada amizade, sem calor de corpos e de suores, não ia nunca se juntar a um homem, a não ser quando era Ísis, aquela mais afoita do que o vento, a bela Ísis, sem dúvida. Pena é que não acreditasse no amor, só acreditava mesmo era no sexo, com homens, com mulheres, com todo tipo de gente, só não sabe se com animais, mas era capaz de ser, era capaz, porque não parava nunca de se mexer, de mexer nas carnes, de mexer no sexo, de mexer nas partes, uma volúpia só, aquela mulher, uma mulher que era capaz de enlouquecer, enlouquecida já sendo, enlouquecer-se, só, canibal por sexo.

Alegria da Morte

Na hora de ir para a cama à noite, nunca dizia, convencional: vou dormir, Camila. Despedia-se soturno, embora fosse possível verificar, no íntimo, as chamas nos olhos, afirmava apenas: vou à morte. De forma que foi obrigado a abolir o tradicional: bom dia. Encontrando-o às primeiras horas da manhã, saudava-a: ressuscitei, Camila, ressuscitei. E as pessoas que às vezes vinham saudá-lo na confeitaria em meio a uma valsa tocada num cravo traziam-lhe flores e coroas, frases de eterno repouso, querido amigo, saudades. Não comemorava aniversário, mas a morte. Daí recusava-se a receber os enfadonhos parabéns. Comemorações na porta do cemitério, goles de aguardente numa caveira. E quando ela aparecia nas datas festivas, ele se aproximava entristecido, contristado, magoado e ofendido, dizendo: esqueceu, Camila, esqueceu que estou de pêsames?

Morria, pelo menos, uma vez por ano. E mesmo que a comemoração fosse no cemitério, não admitia plena tristeza e absoluta agonia. Isso é que não. Gostar da morte tinha particularidades. Bebia-se, comemorava-se a modo dos costumes antigos e, no entanto, ele carregava um intenso brilho nos olhos, de felicidade. Sim, de felicidade. Porque os que bebiam e os que comemoravam não percebiam a dimensão do acontecimento. Alguns choravam, outros lamentavam, tudo com um toque macabro de despedida, de adeus, de saudade eterna. Para Conrado, era tudo isso. Havia, no entanto, a reinvenção: a morte não definitiva. Aquela que renasce todos os dias, todos os dias. Revigorada e satisfeita.

Um Rictus Encantado

Ainda perguntaria, nunca perguntou: você conhece a pequena morte, Conrado? Ele se inquietaria. Muito. Porque não deve ter sentido a pequena morte, aquela morte que vem do sangue, arrebenta as veias, causa soluços e gemidos: a pequena morte do orgasmo. Do gozo. Não se espante se olhar de longe, congelado de surpresa, a face de homem ou de mulher que se debate no orgasmo: obedece a um rictus, os músculos se contorcem, os olhos giram espantados, o nariz intumescido, a boca torta, num esgar de paixão e morte. E, a partir da vida, a enlevação da morte, que se instala no corpo só por um momento. É neste instante que o homem ou a mulher supera as limitações do corpo, as paredes onde se debate a alma, porque tudo que se tem de profundo e de leviano, de sagrado e de profano, de feio e de sublime, começa a se movimentar rumo ao encanto da existência.

É incrível que somente aí a pessoa descubra que tem um compromisso cerrado com a morte.

Por isso, Camila descobre que entre os dois, ela e ele, Conrado, há uma contradição e não uma oposição. Uma maneira de ser inversa a ela e, com certeza, igual. Percebia assim de repente. Repetia o tempo inteiro. As palavras e as emoções. Comovente, comovente tudo aquilo que estava descobrindo neste começo de convivência com ele. Talvez um dia tivesse que repeli-lo. Só tivesse. Mas não era aquilo que desejava. Nem para ela nem para as meninas. Todas. Agora tinha Conrado ali por perto, não admitia que ele sumisse, para dividirem essa alegria e esse encanto, que somente os dois podiam conhecer. Exclusivos. Guardados na alma e na pele. Celebrados no encanto da agonia. Toda agonia é feliz. Descobre. Ela se lembra. Poderosa, ela; poderoso, ele. Tanto diziam as mulheres, que agora eram mesmo. Os dois.

Poderosos, na força e na sabedoria.

Rabeca Celestial

Na confeitaria, nervosa, esperou que a música baixasse para repousar os dedos de rabequista, que naquele dia ele estava tocando, em vez do piano. Desta vez não havia piano nem guitarra nem contrabaixo nem bateria. Só uma rabeca. A rabeca de Conrado. Tocada com absoluta competência e sublimação, o rosto dele transluzia, um rosto de quem se encontra com anjos e querubins, na eternidade do Paraíso com onze mil virgens, todas loucas. Loucas do amor celestial. O amor bendito e bom. O amor azul e branco das nuvens.

Tocou de leve no braço dele. Se importaria, o prezado moço, de criar porcos comigo? Criar o quê? Porcos. Você cria porcos? Não são meus, nem sei de quem são, mas crio, assim mesmo crio. Muitos? Depende. Depende de quê? Das porcas. Das porcas? Sim, se elas parem pouco, têm poucos porcos, se parem muito, temos muitos porcos. Mas eu gosto é de ratos, minha filha. Você cria ratos, mesmo? Sim, crio ratos. Que beleza. Criava ratos no quarto dos fundos da casa. Algo misterioso que ele próprio não conseguia explicar muito bem. Camila olhava: os ratos, pequenos e feios, exercem sobre ele, e agora sobre ela, um fascínio extraordinário. Ficavam tensos e felizes, os olhos festejando na cara, menino que se lambuza nos doces. Mas mesmo assim você me ajuda a criar porcos? É claro, já disse. Criava os ratos em gaiolas, umas maiores, outras menores, com vários nomes e classificações. Ratos e porcos, que bom, não é?

O Passado, onde Está?

No dia seguinte, ele estava lá. Na verdade, a moça quase se assustou, vestida, mais uma vez, nas anquinhas imperiais. Em princípio, ouviu a rabeca, que, embora mais grave do que um violino, tinha um som enlevado. Espalhava uma espécie de valsa pela tarde. Estava no quarto. Foi até o terraço. E dali viu a extrema gentileza de Conrado tocando para o lixo. E para ela. Cavalheiro. Os porcos ainda não haviam chegado, parece que moravam distantes. Elegante, com o pé esquerdo sobre uma pedra enquanto o pé direito repousava no chão, o queixo encostado na rabeca, arrancava sons contraditórios, fortes e suaves, mesmo quando parecia desafinar. As sobrancelhas arqueadas. Orgulhoso, embora não vendo porcos em lugar algum, prometeu trazer um rato para presenteá-la, no dia seguinte. Sentados em dois restos de cadeiras jogadas fora, tortas e quebradas, acertaram uma conversa pelo resto da tarde.

Acho ótima essa ideia de andar de costas para encontrar o passado, Conrado, vou lhe acompanhar. É mesmo, Camila?, que coisa boa, é a primeira pessoa que acredita em mim, mas é perigoso. Perigoso, como perigoso? Os meninos da minha rua atiram pedras em mim. E doem? Às vezes, quando pega na cabeça. E o que é que você faz? Nada, não vou ficar brigando com meninos, mas aliás, nada não, me vingo tocando rabeca. E eles não quebram a rabeca? Quebrar mesmo, não quebram, mas desafinam as cordas. Então eu vou lhe levar em casa todos os dias, para lhe defender. Não precisa, já descobri um jeito: chego sempre no começo da noite, eles estão jantando ou vendo televisão. E sai quando? Ainda escuro, é sempre assim: saio e volto escondido, para evitar o apedrejamento. Quando precisar de mim, me avise. Posso contar com você, não é? É claro, sempre, mas você me ajuda a criar os porcos? Sim, sem dúvida. E eu lhe ajudo a criar os ratos.

Permaneceram ali sentados, numa conversa de velhos e fiéis amigos, que conhecem as estradas tortas da vida e vão criando forças, todos os dias, para suportar os perigos. Perigos? Sim, Camila, perigos, a gente nunca sabe que bicho vai sair da esquina, não é mesmo?

Muitas Vidas

Ele carregava ainda uma grande tristeza: lamentava não ter muitas vidas para morrer várias vezes: faria inveja, tantas invejas. Imaginava as pessoas comentando, roendo as unhas: Conrado vive com a morte. É tão amigo dela, são tão íntimos, só vendo como os dois se dão bem, a morte gosta tanto dele, foice afiada, encontrando-o. Chorava muito porque não podia morrer vezes sem conta. A questão era que não queria morrer definitivamente, para sempre, e sempre, e sempre. Porque acreditava que somente com vida podia amá-la. Os dois juntos, amantes, desafiando o tempo para sempre, e sempre, e sempre. Lia jornais. Examinava, dedos em fogo, os anúncios fúnebres. Mas não gostava de acompanhar enterros. Isso é que não. Estraçalhava-se de inveja. Inveja, aliás, que lhe causou grande abatimento quando leu que na Rússia um cientista fora dado clinicamente como morto oito vezes e ainda estava vivo. E bulindo. Tão grande foi o desgosto que desmaiou. E desmaiou oito vezes. Para se vingar.

Muitas noites, abraçado ao instrumento, saía em busca de serenatas, cervejadas e baladas, muita comida, buchada, sarapatel, feijoada. Nas farras do Recife as madrugadas não conhecem o dia nem os dias conhecem as madrugadas, tudo é tempo para avantajadas refeições, gordas gorduras, gorduras sebentas, e bebida à solta se derramando pela goela. Ele cantava e tocava só vingança, vingança, vingança e mais nada. E chorava. Tão sentimental, diziam dele. Mas só ele, só ele mesmo sabia por que chorava, as lágrimas caindo na rabeca, no escuro do coração, a ingratidão da morte: ela disse-me assim, tenha pena de mim, vá embora. Mandava-o embora, a ingrata, a morte. Brincava de enterro com os outros meninos. O morto sou eu, gritava, o morto sou eu, levantava a mão esquelética, magro como sempre fora, nariguido. Por esse tempo ganhou o primeiro elogio. Magro, bem magro, e não gostava de comer. Daí que a mãe, zangada, dedo em riste, gritou: esse menino parece a morte. Trancou-se no quarto para comemorar. E, na escola, embora brincalhão, mas magro de ser confundido com uma lâmina, ganhou o apelido: Representante da Morte. Não se conteve de tanta alegria e em seguida desmaiou. Ou morreu.

Queria contar a ele por que você não tem muitas vidas? É um jeito de viver. Bastava sentir a necessidade, a hora e o momento chegados, percebia a outra chegando. Mudava de vida numa única frase. Era só perceber que no meio da frase precisava alterar o tom. Mariana começava a falar, mas quem terminava era Ísis, apesar da incompatibilidade. Era como falar fino e falar grosso: dependia sempre da ocasião. Não falaria, agora mesmo não falaria com ele, até porque não tinha licença de Camila. De quem, de Camila? Sim, isso mesmo. Quem estava ali falando, sóbria no recato e no silêncio, era Mariana. Camila precisava descansar um pouco. Mas Mariana não usa anquinhas imperiais. É verdade. Pedi emprestadas a ela. Para enganar Conrado, coitado, que só tem uma vida e adora a morte, sem poder morrer. Tão ingênuo ele, não é? Tão bobinho.

Armas e Brigões Assinalados

Mas houve um tempo em que ainda não havia porcos, galinhas, gatos e ratos, nem Conrado, nem vestidos, nem anquinhas, nem ceroulas, nem anjinhos de calendário, houve esse tempo. É preciso dizer. Com a pele arrepiada e o coração na mão, confessa. As armas estavam todas engatilhadas, apontadas, miradas, prontas. Bastava correr o aviso de morte. Houve esse tempo em que as pessoas só rezavam, falavam pouco e se ajoelhavam no corredor por qualquer coisa. Nesse tempo, então, havia o medo, um grande medo em todas as almas, embora ela não compreendesse mesmo, não compreendesse de forma alguma, não fosse comunicada, percebia que os movimentos da casa mudavam.

Trancava-se no quarto para se deitar na cama, toda amarrada, um pano na boca, cadarços nas pernas, nessa agitação pensava que o resgate fora pago e que vieram lhe soltar. Pessoas andando apressadas, pedidos de silêncio, e teve até uma ocasião em que fecharam todas as portas. Quer dizer, onde havia porta. Imagina ainda hoje que ouviu um tiro. Certeza mesmo, nunca teve. Apenas aquele barulho seco, fechado. Duro e rápido. Raquel entrou no quarto e se jogou sobre ela, a boca enterrada no travesseiro, os dedos doendo na nuca. Quieta. O busto e os braços sem movimentos. Sabia obedecer. Queria. Essas coisas aconteciam no começo do sequestro. No tempo em que as armas estavam engatilhadas.

Mais tarde, confessaria, foi a polícia, menina, acho que descobriram o lugar secreto, o cativeiro.

Isso aconteceu muitas vezes. Depois foi tudo se aquietando. E ela constatou o que constatava todos os dias: ninguém consegue se lembrar de mim por mais de um instante.

Nem Conrado, amante da morte. Em busca do passado. E eu não estou lá.

REINAÇÕES

Vizinhas em sussurro
entram e saem

Primeira

Eu sou Camila. Disse desde o dia em que estava no quintal, menina, brincando com nada, e a palavra, o nome próprio, estalou no ouvido. Sabe o que é brincar no quintal? Não, não sabe, ninguém sabe. Com essa insignificância de corpo, pernas e braços, um ser no mundo. Só de calcinha. Só de calcinha mas com aquele sentimento de agonia nos ombros, de gastura nas carnes, porque estava no mundo. Não era simples, nada era simples, nem difícil. Só no mundo e nunca quis saber o que era o mundo. E repetia o nome próprio. Sempre o nome. Era uma coisa antipática. Eu sou Camila.

Porque viver no mundo e se chamar Camila era uma coisa muito, muito esquisita. Não era apenas uma questão de gostar ou não gostar. Nem se perguntava. Uma fatalidade. E pronto. Naquele tempo não conhecia a palavra fatalidade, mas sentia. Sentia que era inútil perguntar. Era fatal. E não perguntava.

Também não sofria. Nem sabia o que era perguntar. Bastava isso: saber que se chamava Camila e que era inevitável. Sabia que tinha um corpo e que era inevitável. Um corpo? Tinha um? Quando estava sozinha, se arrepiava. Agora eu tenho um corpo e me chamo Camila. Tudo bem, se é preciso ter um corpo, tudo bem. Mas um corpo é assim mesmo? Não sei, pode ser. Não sei.

Ter um corpo é algo tão limitador, pensaria mais tarde, não agora, estava apenas descobrindo que tinha um corpo e, naturalmente, que era inevitável e que não sabia o que fazer com ele. Minha mãe me ensinou isso, nunca me disse como, nunca me disse o que era. Porque aprendeu sempre, nessa trajetória da vida, ter um corpo é profundamente irritante, terrivelmente irritante, por tudo o que isso representa. O pior era ter todas essas preocupações e não ter a quem contar, com quem dividir essa questão grave, gravíssima: ter um corpo. Daí a importância enorme que teve aquele instante no quintal: não a descoberta da vida, mas a descoberta do corpo. Sem risos, por favor, sem risos. Somente mais tarde é que descobriu a gravidade de tudo aquilo. E usou a frase a que tantas vezes recorreu: não quero falar disso. E pronto.

Caminhava pelo quintal e observou a sombra. Um pouco à frente dela a sombra se movia. Isso quer dizer que estou aqui. Quando ando e vejo a sombra à minha frente sei que estou aqui. E estando aqui este é o meu destino. Ah, não é o meu destino? Que coisa mais chata. Mas por que agora se lembra naquele instante, andando no quintal, sozinha, sempre abandonada, e com a sensação de que tinha um destino? Era exatamente esta a sensação: de que estava viva e tinha um destino. Foi quando começou a ter raiva do mundo. Ou seja, ter uma sombra significava que existia. Sem a sombra, nada de nada. Apenas o vento andando no quintal. Então, que venha a sombra.

Acho que é por causa do amor triste. Não, não estou falando desse amor carnal ou espiritual, da relação entre dois seres. Não, nada. Nada disso. Sabe mesmo o que é um amor triste?

É uma papoula vermelha, nem pequena nem grande, que se mantém o tempo todo com a haste arriada, olhando para o chão, numa tristeza de arrancar dó do peito, numa folhagem verde, muito verde, e densa. Não perde o viço, não perde a cor, continua plena, as folhas verdes e grandes formando curvas, reluzentes. Mas é curioso como demonstra essa tristeza, essa ausência de festa do mundo. Aquela papoula sempre arriada, espiando o chão, desamparada. A sensação de desamparo era muito grande. Grande demais.

Minha mãe ficava curiosa comigo, olhando-me do terraço, sentada na cadeira de balanço, bordando. Aquele jeito de botar linha na agulha. Engraçado. Colocava a linha na boca, entre os lábios e entre os dentes, e puxava-a com os dedos. Puxava a mão. E aí quase sem olhar passava a linha pela agulha. Me olhando no quintal, quase sem verificar o que fazia, e completava o serviço. Ela sempre dizia alguma coisa assim Camila tem paixão pelo amor triste. Sabe minha mãe? Tinha os olhos bem vivos. Pretos e vivos. E tristes. Ela tinha aquele jeito de baixar a cabeça, sem sair da cadeira onde estava bordando, sentada, e olhava com intensidade, muita intensidade. Minha mãe olhava com intensidade. Eu fingia que não estava vendo. E ria, ria comigo mesmo. Ela me olhando lá do terraço e eu fazendo que não estava vendo. Rindo. Desse riso que fica bailando no peito.

Muitas vezes disse e muitas vezes repetiu: amor triste. E disse e repetiu tantas vezes que terminei copiando as palavras. Foi minha mãe quem inventou o amor triste, não foi, mãe?

Camila chega ali e se senta. Parece agasalhada por uma espécie de prazer íntimo. Às vezes se deita e cochila. Nem um pouco preocupada com o que pode acontecer. Senta-se no chão batido, fica passando o dedo indicador na terra, parece que falando sozinha. Não é difícil encontrá-la sorrindo. Sentava-se aos pés do amor triste, as pernas dobradas, e sorria, sorria com a severidade da ternura. Usava um calção leve, saíra há pouco, há muito pouco tempo, das fraldas, nua de cintura para cima. E não olhava para a mãe. E, se olhava, não via. De minha parte, é verdade, esqueço-a, ela fica ali tempos e tempos. Sempre esqueço minha filha. Olhando, sempre olhando, desconfiada de que havia uma pessoa ali escondida conversando com ela. Minha mãe era tão desconfiada. Achava que algum ser, alguma vida, escondia-se nas folhas da árvore para conversar comigo.

Não sabe por que ela gosta de fazer essas perguntas agora.

Muitas pessoas, milhares, já se perguntaram o que estão fazendo no mundo. Tudo bem, milhares. Não desejo saber o que estou fazendo no mundo: quero saber por que tenho um corpo. Eu quero saber por que tenho um corpo, o que a gente faz com ele. Até mesmo Raquel. Eu não sou Raquel. Raquel sabe por que tem um corpo. Ela disse que foi ser puta por causa do corpo social. E só por isso. Ou por tudo isso. Não precisava ninguém ficar perguntando. Mas eu não estou me perguntando: estou só vendo e caminhando, vendo e caminhando, brincando no pé de amor triste, porque não posso fazer outra coisa. Todo amor é triste. Que isso é uma coisa chata, isso é. Mesmo na brandura do quintal quando era criança. Na brandura do quintal, mas agora, não. Só deu mesmo importância a essa coisa por causa de Raquel, que insiste tanto. Mas veja bem: não é assim, não. No quintal não pensava nessas coisas. Ou pensava?

Nem posso deixar de fazer isso porque outras pessoas, milhares, já fizeram. Só por isso. Eu sou Camila. E eu tenho um corpo. De novo? O que é que a gente faz com o corpo? Não agora, mas naquele tempo se sentia tão desamparada. Apenas isso e para sempre. Só e desamparada. Só não posso transformar isso num sofrimento. Eu não sofro. Fica assim: eu não sofro. Ter um corpo é uma obrigação e pronto. É o que respondo a milhares de pessoas. Raquel é puta não porque goste de homens. Isso não tinha a menor importância. Foi ser puta porque tem um corpo social. Porque deve ser para todos os gostos. De todos e não dela. Independente de qualquer outra coisa. Ísis não tem um corpo social e dá para todos. Independente de questionar. Não tem a menor importância. Porque isso é chato, é chato mesmo. Se conhecesse apenas Ísis não ia pensar em corpo, coisa alguma. Ísis fazia o que queria com o corpo, com a alma, faz o que quer, fode aqui, fode ali, fode acolá, e nem quer saber se isso é corpo, se isso é alma, que coisa é essa. Ísis não usa o corpo, usa a alma. Sempre com a alma. Gozo eterno. Todo mundo fala em corpo, sempre em corpo. Todo mundo e o corpo nu está em toda parte. Nas revistas, nos jornais, nas telas. Corpo, corpo, corpo.

Eu vou parar com isso, nunca mais vou pensar nisso, é uma porcaria que só me leva ao desamparo. Quer dizer, sinceramente não acredito em desamparo. Não quero desamparo. Um passarinho surpreendido em pleno voo indagando por que eu tenho asa. Canta, passarinho, canta. Você vai cair. Vai o quê? Pergunta mais boba. E se não cair, tirando bolo, cata piolho, senhor rei mandou dizer que deixasse de besteira. Senhor rei, senhor rei? Quero largar tudo isso, quero deixar de pensar nessas coisas. Sem sofrimento, por favor, sem sofrimento. Com a alma sofre mais ou sofre menos? Repita comigo: eu não sofro. Quero ir para o céu, vou desfilar no exército das onze mil virgens. No Paraíso toda mulher é virgem.

Segunda

Pronto. Não precisava mais dizer eu sou Camila. Nem perguntar por que eu sou Camila. Nem falar nessa porcaria de corpo. A vida estava ali, essa era a vida, e não podia mais desmanchar. Ninguém desmancha a vida, mãe, ninguém. Naquela hora, na cama e na vida, teria gostado muito de ter conhecido Conrado, para andar de costas e encontrar o passado, onde poderia saber por que era Camila e por que era virgem. Fora virgem. Não perguntaria mais. Não tinha mais a quem perguntar nem por que perguntar, estava vingada, uma mulher vingada. Tudo isso porque precisava constatar isso: ser mulher. E pronto. Uma mulher definitiva. Vingada e definitiva. Por isso era que tinha um corpo. Por isso tenho um corpo. Para isso.

Levantou-se ajeitando os cabelos, os longos cabelos negros cobrindo o pescoço, e ouviu ele dizendo te cuida, já sabe, não é?, te cuida porque você agora é mulher, não é mais uma mocinha. É claro, ninguém precisava explicar nada. A ela bastava a certeza. O ventre quente. E só. Não ia contar a ninguém. Vestiu a calcinha, jogou a blusa folgada no corpo, afivelou o cinto. Não precisava que fosse um segredo. Apenas um acontecimento comum em qualquer vida. Limpou os cantos dos olhos empoeirados com a ponta dos dedos.

O segredo é uma coisa que todo mundo sabe, uma coisa que todo mundo conhece até bem demais, pássaro falhado, asas cortadas. Ele ainda afivelando a calça quando ela percebeu que não sentiu nada, nem mesmo o frio na barriga. Quer dizer, gostou, sim, gostou. Num momento gostou. Só um pouco, feito mulher que diz agora eu sou mulher. No começo pensava que era para trincar os dentes porque lhe disseram que doía. Teve medo, nem precisavam lhe dizer que aquilo era desconfortável. As carnes tensas, os braços soltos, sem beijos. A boca aberta, semelhante a quem arranca um dente. Quando ele se deitou sobre ela fechou os olhos, os pés frios, a expectativa. E a promessa, quando terminar isso não sou mais a mesma, depois disso uma mulher não está mais inteira. Inteira? Ah, Conrado, aquilo tudo parecia uma bobagem. Minhas colegas diziam que tinha de ser, não esperasse tanto tempo, todas gostavam daquilo. Isto é, nem todas, havia as que diziam é só parola, mulher gosta mesmo é de viver em paz.

Havia o cheiro, é verdade, um cheiro acre e perfumado, nem sempre perfumado, mas queria gozar, tinha que gozar, porque sem gozo não havia vingança, só um pouco de vingança, é preciso gozar. Ficou com ainda mais raiva e com a sensação de que homem não sabe fazer mulher feliz, vingança tem de ser feliz, homem não sabe fazer mulher gozar. Sempre. Às vezes sentia um cheiro de gasolina e água, um pouco de suor à medida que ele resfolegava. Quase não conseguia falar, suando, um grunhido na garganta, sempre um grunhido na garganta, estertorando, você não deve fazer isso, ouvia ele dizendo você não devia perder a virgindade só para se vingar da amiga, tem que ter amor. E ela começou a sorrir, sorrindo, deixa de bobagem, cara, deixa de bobagem, ou trepa ou sai de cima, rindo. Os músculos do peito dele batendo de encontro aos seios. E um pouco de carinho. Talvez pudesse incluir carinho. Com algum esforço. Quem sabe?

Trincou os dentes, não quero mentir, trincou os dentes para não amar. Amar, nunca; amar, jamais. Só um pouquinho para fingir prazer, para se decepcionar, para viver. Disseram que se trincasse os dentes não sentia o amor. O amor não passava de um arrepio, da cabeça aos pés, e depois ia desaparecer. O amor podia entrar pelos poros ou pelo suor, porque pelo sexo não entrava mesmo. Não sentia paixão nem indiferença. Igual àquele dia no quintal, vendo a sombra, e perguntando esta é minha sombra, é por causa da sombra que eu sou Camila.

Não por causa do corpo. Que não é nada. Por causa da sombra. Sempre por causa da sombra. A sombra inventava o corpo.

Daí sentiu o dente na boca. Engraçado é que tinha um dente mas não sabia que era um dente. A gente enfrenta cada coisa. O dente mole e a mãe gritando Camila. Por isso era e é Camila. Porque a mãe a chamou no instante em que sentiu o dente mole na boca e ouviu a palavra. Agora eu sou Camila e isso é imperdoável. Imperdoável? Imperdoável é estar aqui. No momento exato, no momento certo em que ele enrijeceu o corpo, com aquela impressão de que ele estava morrendo, estertorando, estertorando, era?, em que ele afrouxou o corpo, naquele momento, a mãe podia ter chamado e se ela chamasse Camila, bastava chamar, ela despertava mulher. E se lembrando agora, passada aquela hora, que podia ser Mariana, Raquel, Ísis, Biba. Biba, quem é Biba? Uma mulher assim como eu pode ser Biba. Sempre. Sempre ou nunca mais? O que é que fica valendo na vida?

Só o vento soprando nos cabelos, teve essa impressão, porque o ventilador não estava ligado. E nem havia vento porque o quarto era abafado. E aí ele disse alguma coisa, alguma coisa que provocou nem riso nem ira. Nem prazer. O que ela queria era que aquilo terminasse logo, incomodava muito, ainda demora?, esperasse um pouco, ele disse, estava quase no fim, Paloma. Eu não sou Paloma; por que você me chama de Paloma, seu filho da puta?; eu sou Camila, meu nome é Camila. Paloma é sua namorada, esqueceu? A manhã se abria em iluminação e ela se preparava para a tarde, plena de vingança. Assim mesmo: vingava-se de Paloma, jogando fora a virgindade com o namorado dela, Ary. Quase sentiu um arrepio nos lábios. Tossiu.

Agora só queria se levantar, ir para casa, tomar um banho. Um pouco mais de esforço, aguentando o corpo dele sobre o dela, e estaria em casa. Bastava dobrar a esquina, atravessar o campo de futebol, cheio de capim seco e mato rasteiro, espinhos e urtigas, para chegar em casa a tempo de acompanhar o enterro da avó. Não se pode perder a virgindade por um segundo ou por um momento. É para sempre e arde. E eu que tenho nojo de suas mãos, de seus olhos, de seu sorriso. Medo? As palavras doidas voltavam. Pegou a calcinha branca suja de sangue. Deixou-a num canto. Sentada na bacia do sanitário sentiu os lábios se contraindo, o queixo intumescido, os olhos molhados, fria a ponta do nariz. Que história estúpida é essa de querer chorar, porra? Que história é essa? Mexeu os lábios e se levantou, o queixo ainda trêmulo.

Era insuportável não sentir a pequena morte, de que as pessoas lhe falaram tanto. E de que falariam muito, muito demais, nos livros e nos cadernos. Era aterrador não poder sentir a morte. Não a santa morte, aquela das crenças, mas a pequena morte, o gozo.

Então ele a pegou com entusiasmo, quero que me estupre, assim mesmo, eu quero arrancar a virgindade, mas quero que seja um estupro, não existe estupro consentido, mas eu quero e vai ser assim, assim mesmo, não se preocupe com a minha idade, já disse que não vou dizer a ninguém, sim, é segredo, e ela olhou nos olhos dele, e ele parecia ter um enorme prazer, coisa mais desconfortável, disse sem que ele escutasse, quase dizia por favor vá mais lento, não digo, não devo dizer nada, o ombro dele tocando no dela, o suor pingando no travesseiro, os músculos batendo nos seios pequenos, viu um morcego dependurado no teto, às vezes abria as asas e não saía do lugar. Ele não diz nada, ele só perguntou mas você nem é minha namorada, segurou-a nos ombros, minha namorada é Paloma, não está lembrada?, a levou para a cama e ela sentiu o peso de um homem, então ela sentiu que não tinha mais volta. Ia fazer o que queria e nunca mais seria a mesma.

Foi quando compreendeu, definitivamente, o que significava nunca mais e para sempre. Duas expressões e quatro palavras que se enterravam no sangue como quatro marcas de ferro. Nunca mais e nunca mais, para sempre e para sempre. Impossível entender o enigma dessas palavras. Para sempre. De repente estava ali, ele bate com o queixo nos meus olhos, na minha face, eu louca para dizer tira esse morcego daí, eu também te amo e dizia logo a mim mesma vai logo, filho da puta, sentia o incômodo, vai logo, termina o serviço, o incômodo de ser penetrada naquela hora, nesta hora, acaba logo com isso.

Terceira

Ela queria ter sido uma menina assim, mãe. Dessas meninas que ouvem o encanto das vozes, das pessoas dizendo Camila, era muito interessante se chamar Camila, ter um nome e se chamar Camila, viver no fundo do quintal, ter uma amiga com o nome de Paloma e um namorado. De quê? Tinha um nome? De quê? Que interessa? Basta um nome e pronto. E ser homem, ele estava sempre ali, bem perto dela, nem tinha atração por ele, nem tinha, porque estava sempre ocupado, com o macacão vermelho, enxugando as mãos sujas de gasolina. Sempre. Porque aquele era um homem para lhe arrancar a virgindade, só por vingança, e aí também sentia vingança de quê? Não precisa saber, ninguém precisa saber por que se vinga, às vezes nem sabe mesmo se é vingança. Aliás, por que estava pensando em vingança, nessa porcaria de vingança, que já começava a lhe incomodar?

Nunca pensara nisso. Nunca. De forma alguma. Talvez porque não gostasse daquele jeito de Paloma passar a língua no lábio superior quando estavam conversando. Paloma lambia palavras. Passava a língua nos lábios daquela forma só para lamber palavras. Ou porque se chamava Paloma. Uma pessoa nunca devia se chamar Paloma. Por que uma pessoa, uma menina, uma mulher, se chama Paloma? Então, uma menina, uma mulher, uma moça, se chama Paloma para que as amigas percam a virgindade com o namorado dela? Nem todas, isso é verdade. Somente ela, bastava ela. E o namorado ia pensar que era por causa dele. Por causa de suas virtudes. Ary não tinha virtudes. Quer dizer, a única virtude que tem nem chega a ser uma grande virtude. Nem tão virtude assim. Devia ter outras virtudes mais cativantes pelo mundo afora.

As duas juntas, olho no olho, dizendo saí com teu namorado, ele me estuprou e arrancou minha virgindade, fiz por gosto. Problema teu, você nem precisava fazer isso, foi besteira, eu nem gosto tanto dele assim, só vou dizer a ele você agora vai me estuprar como estuprou Camila, ela está caindo de felicidade. Mas você dizia a todo mundo que pode morrer por ele, se lamentava quando ele desaparecia por uma semana e até chorava ouvindo música. Ele é muito gostoso e eu nem senti nada, agora vai lá e come o resto. Vagabunda. Vá lá, come, vá lá e diz a ele minha amiga acha você uma bosta, jogou fora a virgindade e que grande merda é a virgindade. Você fez uma besteira e nem sentiu prazer. Prazer? Pra que é que quero prazer?, estou sendo apresentada a ele agora: muito prazer, prazer, porque estou vendo tua cara assustada, tua língua suja passando pelos lábios, é isso o prazer?, que coisa boa, que coisa muito boa, que coisa mais boa. Nojenta, eu nunca mais quero falar com você, não por ele nem pela virgindade, só porque você é uma vagabunda e nem mora aqui na comunidade com a gente, eu sempre soube que você é vagabunda.

Saía com os namorados porque todos eles queriam, desejavam, dizia, e ela, ela também desejava. Sempre esperando o gozo. Sempre. Chegava a ficar com os dentes trincados, prendendo o sangue na veia — o incrível exercício do prazer. Aquele prazer de homem, que todas diziam que sentiam, ou fingiam. Sozinha, trancada no banheiro, a água escorrendo nas pernas, no púbis, no sexo, a palma da mão passando leve, começava a sentir o frio na barriga e o calor no busto, no busto e no ventre, as unhas tocando na pele entre os seios, dobrava o corpo para trás, deixava a água escorrer, feito o sangue agitado nas veias, e começava a desfalecer, naquele instante, naquela morte sem morte, a pequena morte dos místicos, escurecendo, estremunhando, sem uma palavra que pudesse abrir a garganta, sem palavras, as pernas dobradas, ai. Sozinha. No encanto morno da solidão. E como se esforçava. Como se esforçava para se entregar ao sexo, à bendita pequena morte, e não, nunca. As carnes trêmulas. A respiração lenta. E a busca, a busca da morte nas entranhas. O desejo de afirmar muito prazer, prazer. Extenuada, tensa, suando, os músculos presos, procurava e procurava, mais um pouco, a vida morrendo na garganta, até que desistia, com uma decepção imensa, os homens não entendiam e nem sempre participavam dessa agonia em busca do gozo, e ela começava a relaxar, os pés, as pernas, a coxa, os seios. Inteiramente lassa. Lassa e decepcionada. Eu quero ser estuprada. Ser estuprada sempre. Sempre. O cansaço nos olhos.

Queria sentir. Quando percebeu ele, o homem, se tornou rijo, e beijou-a na boca, um abraço forte feito alguém se despedindo, queria sentir, apesar de tudo, acompanhá-lo no beijo. A princípio, só por um instante, pensou que ele estava morrendo, que aquilo era que era morrer, coisa estranha, um abraço de paixão e de despedida. Precisava agora, com Conrado, o querido Conrado, sentir o gozo. Não sem desespero — com desespero, não. Não com essa consciência inteira. Doava-se, dava-se. E não sentia. Acabou. Nunca. Sentia: o não gozo, o não prazer, a não morte. O intervalo entre o prazer e a morte. Parava entre o prazer e a morte. A morte da não morte. Precisava ardentemente morrer para não morrer. Antes que a morte chegasse, morrer. Alegria quando tocava nas carnes do namorado, refazendo o destino do corpo, no instante em que ele a segurou pelos ombros, beijou-a, caminhavam deliciosamente para a cama — no rigor do silêncio denso e nervoso que se alongou pelo quarto, um silêncio bom de ouvir. Por que não sentia a carne tremer e o sangue se espalhar nas veias? Por que não sentia? Era preciso que isso acontecesse.

Gostava de fazer sexo e aquilo nunca chegava ao fim. Nunca, nunca, nunca. As palavras revoando: para sempre e nunca mais. Também aquilo seria para sempre e nunca mais? Sexo para ela era como nunca começar. Apenas continuando, continuando sempre. Porque não sentia prazer, porque não gozava, porque não morria. Saindo de uma relação para outra sem começo nem fim. Acabava um namoro e começava outro e até parecia que continuava no mesmo. Mudavam os corpos, os toques, abraçar e beijar, com alegria. Sabia, sim, tinha certeza de que era outra pessoa. Amava mais. Ainda mais. Jamais desobedeceu ao amar e ao sentir que a carne se deixa esfoguear pela paixão. E nunca chegava ao fim. Sempre na mesma direção, sem curvas, sem atalhos. A alegria parava na véspera de morrer. Era assim. Talvez pudesse então morrer sozinha. Trancada no banheiro. Sentindo a água escorrendo pelo corpo, a mão esfregando o sexo, a água na boca, os pés levantados, nas pontas dos pés, e aí sim, para sempre e nunca mais. Arriava, sentava-se no chão e chorava. Muito. Chorava. Chorava muito. Nunca fui apresentada ao prazer. Nunca seria.

Quarta

Quando conheceu Paloma, nem sabia ainda que se chamava Camila. Isto é, sabia que se chamava Camila. Mas quando as pessoas a chamavam de Camila, ela não sabia que se chamava Camila. Agora percebe: Feito alguém chamasse Raquel ou Ísis ou Mariana ou Biba. Era um nome só, uma coisa assim sem importância. Um nome: parede, chão, panela, rosa, não, rosa, não. Rosa é um nome e uma rosa. Até aquele instante em que a mãe chamou Camila, no fundo do quintal, e ela percebeu: quando as pessoas chamam Camila estão me nomeando Camila e então eu sou Camila. Estava brincando no outro lado, depois do muro, havia aberto o portão, ela saíra, e se sentara para brincar. Uma mulher veio e trouxe Paloma. Uma mulher? Não, ela estava ali, a menina estava ali, brincando com a areia, sem se preocupar comigo. Um instante sequer sem se preocupar. Por isso, dei um beliscão nela. Como uma pessoa ocupa o território da outra sem falar, sem perguntar, sem dizer? Ela levantou a cabeça. Quieta. Me olhando. Se ela já sabia o seu nome, ou se sabia que o nome era Paloma, e quando as pessoas diziam Paloma estavam falando com ela, não pensei. Não pensaria nunca. Mas os olhos, os olhos dela eram de absoluto desprezo. As meninas sabem olhar com absoluto desprezo. Meninas, meninazinhas, menininhas, ainda.

Ou eram normais e eu não percebi. Quando a pessoa olha parado, não está olhando com desprezo? Assim, aquele olho de quem não está lhe vendo? É desprezo, não é?

Não, não eram normais, coisa alguma. Aprendeu, desde cedo, a enfrentar os olhos de Paloma. Com medo, é verdade. Não gosto de confessar, foi um equívoco, um pequeno equívoco, que não quero revelar mais. Não vou dizer. Eu tenho um corpo; Paloma tem olhos. Uma coisa difícil, difícil e cruel: enfrentar os olhos dela. Ah, meu Deus, sempre repito. Não quero falar nisso, não quero falar disso, e termino falando. Agora esqueça, esqueça os olhos de Paloma. E aplique aquelas duas expressões que lhe ensinaram tanto a viver, se é que sabe viver, não é, Camila? Nunca mais e para sempre. Fique quieta, no seu canto. Retorne a você, que é o que você está precisando.

Pois ela aguentou o beliscão e nem chorou. Levou o beliscão e não chorou. Fez cara feia para ela. No entanto, a cara foi se perdendo na manhã, se desmanchando, se desmanchando sem chorar, só assim mesmo, sem importância, e logo as duas estavam brincando. Quer dizer, não admitia que brincassem juntas, mas cada uma brincando com o seu cada qual. Até que os dias se repetiram. Se repetiriam sempre. Num instante, olhou a menina, olhou e disse com os olhos porque não sabia falar direito ainda eu nasci para te maltratar, e ela respondeu eu também. Não se desjuntaram mais. Estavam para sempre unidas. Uma fiscalizando a outra, olho no olho, ninguém admitindo fingimento. Até porque não podiam fingir. Tudo estava nos olhos, bem nos olhos, bem fundo. De forma que, já taludas, perguntava se aquilo tinha acontecido mesmo ou se estava apenas inventando, criando. Andavam de mãos dadas, conversavam os mesmos assuntos, repetiam as mesmas palavras. Uma na outra, a outra na outra. E sempre. Até que Paloma arrumou um namorado, bem novinha ainda, tinha um namorado. Ary — o nome dele era Ary. Ou seja — o nome dele é Ary. Dizem que

Aryosvaldo ou Arymatheus ou Arymateia. Um desses nomes na carteira de identidade. Sentiu gastura — todas as vezes era assim, então sentia gastura. Um abuso. E um abuso que a atraía. Uma sensação ruim, a pele toda arrepiada, as mãos suadas, o vômito subindo da barriga para a garganta. Mas apesar do abuso sabia que ia gostar. Uma gastura que, entretanto, era amor.

Paloma nunca a levou para conhecer Ary. Nunca. Porque dizia toda vez você quer tomar o que eu amo: seja pessoa, fruta, roupa. Mesmo os amigos. Conhecia os amigos da menina e começava a telefonar para eles. Falavam instantes, tempos esquecidos. Quase namoravam. Não, namoro, não. Não era uma questão de homem ou de mulher. Não queria nada com ninguém. Mesmo os amigos se tornavam difíceis. Deixava o outro se aproximar, até se permitiam leves carícias, um aperto de mão, beijinhos no rosto, bem perto do ouvido, para deixar o som se multiplicando, mole, mole, mole. Descobriu-se sensualizando a voz, reforçando palavras, deixando-se ficar. Mas não, namoro, não. Avançava. Você não está me entendendo. Era só o que dizia, você é amigo de Paloma, eu sei que você não namora com ela, tenho a mais absoluta certeza, mas não é meu namorado, encostava os delicados dedos deliciosos no rosto do menino. Você faz isso para seduzir, você não presta, você é safada, a amiga dizia. Os meninos ficavam também telefonando, marcando encontro na sorveteria, juntos lambendo o mesmo sorvete. Você está enganada, não estou querendo tirar seus amigos, gosto de brincar com eles. E era, não se controlava, queria tirar tudo, queria tomar tudo de Paloma. Se pudesse até o corpo, até a alma, as roupas e tudo. Botava defeito: que vestido mais feio. Se alguém, Paloma, me encontrar com um vestido desses, pode me vaiar. Aliás, várias vezes preparou os colegas de escola para vaiá-la. A princípio ela se zangava. Depois se acostumou e devolvia a vaia. Sozinha. Sozinha na rua e devolvia a vaia. Vaia solitária. Vaia sozinha. Tantas vaias.

Soube do namoro, Paloma não disse. Ela nunca dizia. Vivia se escondendo, nas sombras. Camila é que descobria. No de manhã saiu de casa, não queria conhecer Ary, queria ser estuprada por ele. Avançou em direção ao posto de gasolina, entrou no banheiro, lavou as mãos, deu conta de que ele estava ali, Paloma, olhando, vestido num macacão, quero que você me faça um favor, pode ser? Quem é você, diga aí? Você não é Ary, hein? Sim, sou, que manda? Quero que você me faça um favor, quero que você me estupre, o que eu disse toda contente, quero que você me estupre, agora, agora vou consumar minha vingança, pensei. Só há estupro sem consentimento. Eu consinto que você me estupre. É minha vingança, teve vontade de dizer mas Ary já estava tirando a roupa, os dois na cama. Basta que me estupre e tire minha virgindade. É tudo a mesma coisa. Posso saber por quê? Já lhe disse faça isso e não pergunte, tenho ódio de gente que pergunta por demais. Também essa foi uma frase que não disse, para falar a verdade. Fico com ela ali guardada. Já estava ficando incomodada com aquilo. Não com aquilo na cama, que também incomodava, mas com as perguntas insistentes de Ary. Vai. Toca pra frente.

Como é que Paloma tinha namorado e ela não? Como era? A bunda estava no lugar, os peitos estavam no lugar, a cabeça estava no local, e por que não tinha namorado? Mesmo assim não queria namorado, nem desejava mesmo namorar com ele. Para quê? Para ficar presa a um homem, ser fiel a ele? Quero que me deseje, me deseje sempre, fique aí pensando em mim, dizendo coisas, abobalhado. Só isso. Não ia se prender a coisas. Não estava no direito, é verdade, não estava no direito de forma alguma que Paloma tivesse namorado, ela não. Nem do jeito nem de forma. Até porque ela beija os lábios, os próprios lábios, com uma antipatia, aquilo é jeito de ninguém lamber os lábios? Pode ser que nem tenha sido por causa do namorado. Talvez mesmo. Mas foi por causa dos lábios. Agora sabia e não queria mais explicação nenhuma. Foi estuprada. Perdeu a virgindade — palavra chata, horror. Fica mais confortável pensar em estupro. Estupro ou virgindade? Nunca mais ninguém ia dizer você é virgem, nunca mais. Agora podia dizer não sou virgem, fui estuprada. E pronto. Se a pessoa perguntar você é virgem, digo não sou, mãe, não me pergunte nunca mais. E se não for confortável, digo fui estuprada. Você fica assim, pelos cantos. Assim como? Porque não foi estupro. Mas eu quero, mãe, eu quero que tenha sido estupro, ninguém manda na minha vontade. Não tenho que explicar nada a ninguém. É minha vida, o que é que vou fazer? E pronto.

Assim foi o pensamento de repente, vovó. Não ficou tramando dias inteiros e noites insones. Vai ser agora. E foi. Levou-o para o quarto dos fundos do posto de gasolina, fechou a veneziana, sentou-se na cama. Ele chegou logo, ainda vestido no macacão, limpando as mãos numa bucha disse você é apenas uma menina e tem doze anos, e ela disse se não quer vá embora. Grande merda que vocês pensam o que é uma menina de doze anos. Mais tarde vestiu a calcinha branca, depois o vestido, meteu os pés nas sandálias, não se despediu, obrigada. Está lembrada, jogando a blusa sobre o busto sem sutiã, afirmou obrigada. Não, não disse obrigada. Não tinha que agradecer por uma coisa que ela mesma pediu. Ficou olhando, ali naquele quarto tão pequeno, com um morcego dependurado no teto, no caibro. Podia dizer obrigada, mas não quero. Quase que a palavra saía com a saliva. Sustentou saliva e palavra. Podia cuspir as duas que nem ia sentir falta. De forma alguma. Pela vida inteira. Ele ficou ali parado, já de macacão outra vez. Então foi na porta, girou a chave, o sol quente do Recife bateu no rosto, bem no meio do rosto, foi saindo, sentiu gastura. De forma alguma pode deixar essa gastura tomar suas veias. Não vou sentir gastura. Não vou mesmo. Nem agradeço nem me despeço. Estava pensando nisso tudo quando desceu a escada.

E nesse momento vovó, foi nesse momento que sentiu o que é a força do sol, este sol brutal do Recife, que bate na pele e parece dar beliscões. Por isso entendia muito bem o que tinha feito e como era ir para casa. Só queria se levantar, ir para casa, tomar um banho. Um banho era necessário.

Quinta

Bastava dobrar a esquina, atravessar o campo de futebol cheio de capim e mato seco, rasteiro, espinhos e urtigas, para chegar em casa. Parou. Por uma dessas coisas que chamam de vazio, parou. E só veio saber disso mais adulta. Mais adulta, não. Só adulta. Que é vazio, meu Deus? O que é que é essa história de vazio, e por que penso nisso agora, logo agora, nesse desespero de besteira, não é isso, vovó? Não tem vazio nem porra nenhuma. Não tinha o que perguntar, não tinha o que explicar. Era só ficando ali, um pouco parada, e sem ter que dizer nada. Parada no meio, bem no centro do posto de gasolina, sol e vazio. Ninguém por perto. Nem frentista nem freguês. O que significava ficar ali parada, sozinha, descoberta pelo sol? Sozinha. Nem mesmo tinha a quem dizer. Nem mesmo tinha a quem explicar. Sou uma mulher, agora sou uma mulher. Olhou em torno, novamente, e nenhuma pessoa, nem uma única pessoa. Só as moscas voando, muitas moscas voando, além da sensação de infinito, de luz que se amplia. Eu sempre fui mulher, desde o princípio, desde o primeiro instante, desde o primeiro dia eu sou mulher, por que agora essa novidade, só porque experimentei o suor de um homem? Um gato passou eloquente na sua elegância. Sem olhar. Sem olhar para ela. Muito sol, muito sol, muito sol. E um silêncio de arrepiar.

Decidiu sair do sol, não precisava ficar assim descoberta, tão descoberta, com o calor entrando pela cabeça, pelos cabelos, pelos cabelos quentes da cabeça. Mas não saiu do sol, vovó, ela não saiu do sol. Andou e continuou andando, no meio da rua, mas as casas tinham feito um pacto para ficar com as portas fechadas, portas e janelas fechadas, enquanto ela desfilava a morenice no meio da rua. O que quer dizer, pelas calçadas, o meio da rua, na maioria das vezes, quer dizer nas calçadas. Ou das calçadas. Sem pensar em nada, em pleno vazio, sem pensar em nada para não parar de pensar e se arrepender. Não podia se arrepender. E nem devia. Com sinceridade, não devia. Porque algum dia, e de alguma maneira, teria que perder a virgindade. As mulheres sempre perdem a virgindade. Só que não havia calculado, nem pensado, é óbvio que mais tarde gostaria de ser santa. Surpreendeu-se desejando ser santa, subindo aos céus na carruagem de fogo. Ela, uma Elias também. Era só subir na carruagem que as pessoas tocavam fogo. Podia faltar muitas coisas na vida, menos quem quisesse tocar fogo. Sorriu, se lembrou de vovó, era ela quem dizia essas coisas. Tem gente para tocar fogo em tudo. Ora se tem, não é, vovó? Muitas. E por demais. Desde que o gato passou ficou pensando que podia ser gato também. Gata, é claro. Por que está se lembrando tanto de vovó, assim desse jeito? Para ser virgem, para ser santa e subir aos céus, bela entre as mil virgens.

Sentada numa pedra olhava os meninos jogando. A bola de borracha e os gritos, nunca deixavam de gritar, e contavam piadas, mesmo sem parar o jogo, e às vezes brincavam no capim seco, e riam, e reclamavam do juiz. Ela ainda tentou o drible, o pé direito não acompanhava o desejo do joelho, gargalharam, o jeito mais simples, os meninos disseram, era só usar as mãos. Foi escurecendo, o dia terminando, param para tomar um suco de raspa-raspa. Depois foi para casa, direto ao banheiro. Expelir os suores do homem. Nem se lembrava mais. Teve vontade de rir lembrando-se do menino que tentava passar por entre as pernas dela, a calça arregaçada, a bola correndo na frente, um riso que se esfacelava na garganta. As paredes ásperas da casa, a ausência de um único sorriso, a convicção de que só o silêncio poderia ajudá-la. O silêncio?, sacudiu os ombros, bobagem. O silêncio, a boca torta, entortou a boca quando se lembrou do silêncio, boca suja, boca limpa, a boca de desprezo. O silêncio e a vingança. Porque aquilo também era para sempre. Palavras doidas. Sentada na bacia sentiu os lábios se contraindo, o queixo intumescido, os olhos molhados, fria a ponta do nariz. Que história estúpida é essa de chorar, porra? Que história é essa? Mexeu os ombros e se levantou, o queixo ainda trêmulo.

Ainda naquele dia teria de ir ao velório da avó. Que dia? Os dias não se juntavam, era assim, os dias não se juntavam, e o que era dia virara noite, e o que era manhã virava de madrugada, e já não sabia se hoje era hoje ou se hoje era amanhã, ou se amanhã era depois de amanhã. Avó? Mas de quem era a avó? Tudo depois que deixou Ary limpando as mãos na bucha suja de gasolina, e que se sentiu dizendo ninguém vai mais me insultar porque sou virgem, era virgem, não sou mais assim como Paloma, Paloma também não é mais, Paloma nunca foi virgem, e assim porque sou uma mulher para toda a vida. Para sempre. Nunca mais. Nunca mais, não. Nunca mais, sim. Nunca mais a virgindade e aquela sensação de ardência. A avó era virgem? Só perguntar era possível ser avó sendo virgem? Por isso sabia que foi à capela, tinha ido à capela? Sim, tinha ido, sim, que importa o dia ou a hora? Perder a virgindade foi assim tão importante que desatinou? Não, não será assim, foi só um tempo assim. Mas não podia esquecer completo, isso é que não. Vovó tem cara de virgem? Ela mesma, Camila, se aproximou e viu o rosto da mulher no caixão da caridade. Não é minha avó; minha avó não seria enterrada no caixão da caridade. Mas vovó de quem? Tem uma coisa assim: vovó de todos. Todos querem, todos têm. Vovó de tanta gente sendo enterrada num caixão da caridade. Isso é que não podia acontecer, mas acontece. Não vai mudar nunca.

Agora vamos, Camila, organizar esse maracatu, que está mal ensaiado.

Sexta

Começa assim: Vovó ama Camila; Camila ama vovó. Do mesmo jeito antigo: Vovô viu o ovo. Camila viu vovô. Camila viu vovó. Vovô viu Camila. Vovó viu Camila. Repetindo. Que lhe disseram assim desde que despertou para o mundo vovó é vovó de Camila. Agora estava morta, deixada toda quietinha no seu caixão e não tem cara de virgem. A cara de vovó é de mulher, de mulher a quem se pode chamar de mulher. Mulher e vovó. Tantas vezes ouviu o nome dela, dela vovó, e agora não sabia mais o nome dela. Até porque ela não tinha um nome, feito quem não tem destino. Vovó não tem destino. Porque será sempre vovó. Ninguém ali conhecia seu nome. É só e apenas: vovó. Vovó sem vovô — nunca viu nenhum vovô por ali. E se não havia vovô, vovó era virgem. Mulher que não conhece homem é o quê? Virgem. Vovó é virgem. Mas aquela não era mesmo, de verdade, a sua avó. Era avó de toda a gente. Conhecida como vovó.

Sozinha, envolta pela paciência da capela e pela solidão da morta, sentou-se numa cadeira distante do caixão, isolada, uma mosca sem ruídos voava entre o caixão e ela, Camila, dando a impressão de que o abismo poderia se afundar ainda mais. Não havia velas acesas e nenhuma outra pessoa apareceu, e nem o sol se espalhava bem, só entre os bancos, separados em distância regular. A réstia oblíqua saía da porta e nesgas de sol e poeira se arrastavam até o centro do templo áspero e tosco. Os braços cruzados, os pés enfiados nas sandálias, o rosto erguido de olhos apagados sem se dirigir aos santos e ao altar de madeira rústica, escura, ela aguardava a hora do sepultamento.

O padre entrou para as orações, o que fez com a voz arrastada, muito baixa, lenta, depois se retirou. O padre logo se retirou. Paloma apareceu. Ficou parada na porta. Vestia blusa amarela e saia azul, as pernas e a barriga de fora, o ombro encostado na parede, a mão esquerda na cintura, formando um arco. Havia insulto e ironia nos olhos. Sim, o canto dos lábios. Daí a pouco chegaram dois homens e carregaram o caixão em duas cordas que passaram pelo pescoço, rumo ao cemitério. De quem era avó? Dela, Camila, ou de Paloma? Nem quis saber nem quis perguntar. Não ia perguntar a ninguém. Ninguém. Foi quando sentiu as lágrimas nos olhos, dessas lágrimas que ficam nas pálpebras, boiando. O choro preso nos olhos.

Paloma ficou ali parada na porta da capela. Bastou Camila bater o olho em Paloma e ver a solidão. A solidão tem um corpo. Tem cabelos, rosto e pernas de Paloma. Insolente. Olhava com aquela cara de insulto e ironia. Não, Camila, não, você está enganada. Não foi assim. E como foi, Paloma, como foi? Diga lá, conte. Foi assim, ó: Você girou a cabeça lentamente e me olhou, não podia olhar daquela forma. Tem certeza? Você me olhou, Camila, e eu senti o que é ser olhada com desprezo. Com desprezo e nojo, você estava com nojo de mim. Não é verdade, Paloma, eu é que percebi seu olhar de insulto e ironia, com a mão na cintura e outra encostada na parede. Tudo isso é invenção, minha filha, tudo isso. Naquele tempo eu já decidira que ia viver sem sentimentos, mesmo quando tivesse um homem sobre o meu corpo. Decidi que tudo seria inutilidade.

Como é que se pode viver sem sentimentos? Me ensina, Camila, me ensina, minha amiga. Não, não pode, ninguém pode viver sem sentimentos. Quer dizer: pode viver sem amor, sem ternura, sem compaixão, tudo isso é possível. Como é que pode? Como é que se faz? Vou lhe ensinar direitinho: é só esquecer, Paloma, assim: na hora em que sente o amor, esquece o amor, na hora em que sente a ternura, esquece a ternura, na hora em que sentir a compaixão, esquece a compaixão. E a gente vai passar a vida esquecendo? Pois é, a gente esquece tanto que termina se esquecendo da gente. Nojo, desprezo, insulto, ironia, tudo não é sentimento? Não entendo nada disso, não, Camila, não entendo, não vou entender nunca.

Nunca sentiu gastura de Ary. Não era tontura, não ficava tonta com nada. Mas aquela maneira esquisita de sentir um arrepio nos ombros, feito a brisa que passa, primeiro a brisa e depois o arrepio, e em seguida a gastura, que começava no estômago e ficava na boca, prometendo vômitos. O gosto insalubre, o cuspe. Vinha logo a certeza de que precisava se acomodar, as coisas estavam se ajustando. Desnorteada. Os ombros pesados. Um jeito de aceitar o mundo. Esse jeito que terminou fazendo-a beber. Gostar de bebidas. Certa de que era horrível, mas que precisava, precisava urgentemente para não desabar. Talvez fosse por isso que não sentisse prazer. Porque se preparara para o cinzento, não para o vermelho. Porque era alguém jogada no mundo, se defendendo tanto, se defendendo sempre, sentindo gastura de viver.

Nem mesmo a presença de Leonardo lhe provocou gastura. Não ele, ele não. Era um ser, um homem, não ia se completar. Os homens não se completam com ela, ela sabe. Não precisava vomitar para se sentir amiga de Leonardo. Não precisava. Bastava saber que estava sequestrada, jogada em Arcassanta, esperando o resgate, esperando. E nem mesmo o pai lhe telefonava, pode me telefonar, pai, estou aqui, e se o senhor quiser, se o senhor concordar, telefone que vou buscar o resgate, se não quiser me ver marque um encontro meu com mamãe, pode ser qualquer dia, qualquer momento, é só dizer vem e eu vou. Está bem. Ouviu o pai falando do outro lado. Talvez nem estivesse escutando direito, os olhos no jornal, vendo as manchetes do dia, o sequestro não era comentado pela imprensa. Ninguém comentava nada. Nunca se viu objeto de notícia alguma. Nem mesmo quando resolveu integrar a igreja, aceitar as regras, viver de acordo. Leonardo nunca exigiu nada. Apenas disse vem. E eu fui.

Também nunca disse assim, com clareza, eu vou aceitar a igreja, não foi assim, assim não foi, e pronto. Não podia sair, não podia ir embora, adeus. Não, nunca. O pastor Leonardo não lhe autorizou. Muitas vezes brincaram de carros de corrida e de bonecas, muitas vezes, bastava sentir o oco do mundo, mas ele não autorizava, nunca autorizou. Nem nunca lhe perguntou pelos desaparecimentos. Nem nunca quis saber o que sentia. Nem nunca, nem nunca, nem nunca. Sempre foi assim. E estava convencida de que não ia mudar nunca. E também não queria que mudasse. Ou queria? Se foi ele que a sequestrou, cabia a ele liberá-la. Não ia mudar de calçada só porque tinha desejo. Não é assim que o mundo funciona. Não é assim que a banda toca. Não cometer a desatenção de dizer vou ali e não voltar. Isso é desrespeito. Então ficava. E ficava. E ficava. Até porque Leonardo tinha aqueles olhos de quem dizia não vá embora nunca mais.

E tinha medo. Vou confessar com os dedos cruzados nos lábios. Eu sentia medo. Sabe esses bandidos que deixam a gente bem à vontade, muito bem à vontade, e ficam com o revólver apontando sem a gente ver? Pois é assim, ele estava sempre com o revólver apontando e eu sabia que ele ia atirar. Mesmo que fosse uma coisa rápida. Bem rápida, morte fatal. Não foi um só instante, não foi uma só vez que vi, agora confesso de alma suspensa, não foi um só instante, não foi uma só vez que vi o pastor seguindo-me pelos becos, pelas ruas, pelas avenidas do Recife. Cada vez que eu ia à confeitaria podia perceber ele bem junto de mim, quase colado, a respiração na nuca. Ele queria saber de mim a todo instante. Às vezes até tocava na confeitaria. Tocava não porque estivesse precisando de dinheiro, sempre precisava de dinheiro. Queria estar próximo, bem ali, nos meus calcanhares. Ele pensa que eu não percebi. Não ia dizer nada, claro que eu não ia dizer nada. Quem é que fala assim, com o revólver apontando? E se eu fosse embora? Se eu saísse, mesmo diante dos olhos dele, com arma e tudo, e em vez de ir à confeitaria, mudasse de rua, mudasse de esquina, mudasse de calçada e fosse para casa, em vez de ir à confeitaria fosse para casa, quem sabe, não é?

Meu destino tinha mudado em quê, vovó?

Ruínas

Uma pobre
avezinha exausta

Nascemos para a Eternidade

Só lhe restava cumprir o nome. É assim, sempre: um nome é um destino. E não se discute mais. Uma rosa é uma rosa é uma rosa, mas uma rosa é também um destino e um destino é também uma rosa. E uma marca. Um nome é uma rosa, é um destino e uma marca. É uma rosa, é uma marca, é um destino. Camila sabe. A que está diante de Deus. Não é um destino? Veja bem: Aquela que está diante de Deus. Não é um destino estar diante de Deus? E do Senhor. Ou é só uma rosa? Ou é só um destino? Ou palavra? E palavra e palavra e palavra. Quando eu chamo uma rosa é só uma rosa. Não, quando eu chamo uma rosa é um destino, sobretudo se o nome desta rosa é Camila.

Ela sorri, apenas sorri, com os pequenos lábios finos que atiçam o brilho dos olhos, porque ainda tem brilho nos olhos. Se volta para o mundo, os olhos cansados por causa do sol. E por causa do tempo, dos anos. Quente, bem quente esta manhã do Recife, essa manhã cheirosa, os cheiros das frutas e o cheiro das comidas nas casas. Sempre assim: marcada pelo cheiro das casas onde as pessoas cozinham, se aproxima a hora do almoço, e as ruas parecem ter apenas espaço e cheiros. Elas começam estreitas, depois se alargam, fazem curvas, há jardins, ainda que poucos jardins, mas jardins, e Camila se ajeita para viver a manhã, que não perde a luminosidade. Aliás, para entrar na manhã. Por isso não gosta quando chove. Porque as ruas não têm este brilho e esta expansão. Enlameadas, ficam enlameadas e a gente não pode caminhar pelas calçadas. É tão irritante caminhar nas ruas enlameadas. E ela não gosta de se irritar.

As ruas da Boa Vista parecem desabitadas e só há o cheiro. O cheiro de frutas ou das comidas. Do almoço. É especial, especialíssimo, que seja o cheiro do almoço. Havia cheiros, muitos cheiros. Mesmo assim ela podia distinguir o que era arroz, o que era feijão, o que era salada de verduras. E carne. O cheiro das carnes, sobretudo de guisados, soltava-se por toda a rua, com aquela sensação de que as pessoas nasceram para a eternidade. Sentada no meio-fio, a saia entre as pernas, para não despertar olhares, acompanhava também os vultos que se formam dentro das casas. Algumas dessas casas, no Giriquiti ou no Progresso, eram bem baixas, parece que enterradas no chão, a escada, na verdade o degrau descendo para as entranhas da rua. Feito esconderijo de guerra. Imensa a curiosidade de ver as pessoas ali se movendo. Diziam: é o bairro dos judeus. A sinagoga, no Recife Velho.

Anáguas Arcaicas

Faz isso de propósito, embora fingindo desatenção. Vê quando a senhora, quase uma senhora igual a ela, e também com um pano na cabeça, o pano quadriculado semelhante à blusa e à saia, fardamento de empregada doméstica, se desloca da cozinha para a sala. Seres estranhos aqueles num mundo que não era aquele mundo, eram dois mundos bem distintos: o mundo das casas e o mundo das ruas. Parece que tem uma bandeja na mão. Ou é uma toalha de pratos. Fala com alguém. Deve falar com alguém porque coloca a mão direita fechada na cintura e gesticula com a outra. É uma bandeja ou uma toalha de prato? — o que é, José?, lembra o pai. Desaparece.

Devia estar falando com a dona da casa, dessas donas de casa, aposentadas, que se sentam numa cadeira de balanço na sala, a saia levantada acima dos joelhos, mostrando a anágua — anágua, meu Deus?, anágua, Camila? —, e são consultadas sobre o sal, o açúcar, o colorau. Colorau? Ah, meu Senhor. As anáguas, a anágua. Houve um tempo, não tão remoto, em que as mulheres escondiam seus sabores com as roupinhas de baixo. Uma trouxa de roupa é um mundo animado de anáguas, de calcinhas, de fronhas. Na falta de anágua, combinação. O que era confuso, nunca usou combinação. Combinação combinava com quê? Quando se pôs gente, menina, as meninas não usavam combinação, apenas as mulheres e, bem, as mulheres que não tinham marido, marido dizia mulher minha não anda nua, vá vestir uma roupa. E pronto.

Quisera tanto, dissera à mãe, usar uma anágua, dessas que parecem apenas de cetim, com rodapé de renda. Mas uma renda em que ela pudesse interferir, com caras de anjos, asas e até flechas de amor. A mãe, não, a mãe nunca concordou. Não tem mais necessidade, menina, não tem. No meu tempo era que era diferente: as meninas e as mulheres não queriam apenas esconder as partes, que escondiam mesmo, os sabores e os segredos, mas queriam mostrar a anágua, a anágua e a combinação. Se a renda e a anágua eram tão belas e tão sedutoras, imaginem o resto, os joelhos, as coxas, a gruta escura e prazerosa. Falavam, sim, falavam das rendas e das anáguas com tanta maravilha que os joelhos começam a tremer. A saliva na boca seca, e daí em diante o calor nos seios. Queria tanto uma anágua. Teria que comprar. Não havia anáguas no lixo, no monturo, nas latas. Ninguém mais usava anáguas. Usavam os peitos de fora, a barriga de fora, os joelhos de fora. Expunham os apetites. Tudo jogado diante dos olhos.

Uma Florzinha de Mulher

Faz pouco tempo, chegou aqui. Cumpria a peregrinação diária, Camila cumpria. E não estava cansada. Com certeza não estava cansada. Começava o dia. Banho de lata d'água na cabeça, não aquela lata grande, imensa, não, aquela latinha, bem pequena, tipo vasilha, que na verdade é uma lata de doce, vazia, claro, os cabelos embranquecendo, no banheiro abandonado da casa, sem porta e tudo. Em ruína. Sempre vivera em ruína, por que ia mudar agora? Lavava-se vestida numa camisola rota, rota e rasgada, só para esconder o corpo, para não vê-la, não queria ver o corpo, as vergonhas, as partes. Ninguém deve amar as próprias carnes. Ninguém deve amar o próprio rosto, os próprios peitos, as próprias coxas. Nem exibir-se. E nem usava calcinha, dizia em silêncio, na humildade de si mesma, escondendo-se. Corando. Não podia comprá-las, nem pedia. Como é que se pode pedir uma calcinha? Você me empresta aí uma calcinha?

Ainda tentou uns tempos, emenda daqui, emenda de lá, e elas foram se tornando cada vez piores. Até o dia em que percebeu uma calcinha se desmanchando no corpo. Ia andando, andando pela cidade, nessa cidade tão iluminada, conduzindo a carroça, quando sentiu a calcinha se desmanchando. De tão velhinha, desmanchou-se. Aí parou e tirou-a. Antes que caísse, retirou-a ali mesmo no meio da rua e deixou-a ficar no chão de pedras, feito perdesse um pedaço de si mesma, um pedaço que não dói, nunca mais vai incomodar. Queria que compreendessem: era uma exigência da vida. Ia viver assim, o que não significava falta de juízo, leveza de espírito, quietude da alma. A última calcinha. E ela também, a última.

Camila no Fim da Fila

A última, sempre a última, a última se aproximando. Havia sempre um último lugar para ela no mundo, sempre o último, feito as pessoas soubessem que ela chegaria. Estava a caminho, no fim da fila, a derradeira. Não queria estar na primeira fila. Os filhos de Deus estão sempre na última fila. As filhinhas de Deus. Nunca pensava em ser a primeira, as primeiras. Nunca que ia pensar nisso. Nunca mais — duas das quatro palavras que aprendeu a usar toda a vida —, nunca mais e para sempre. Queria ser sempre uma florzinha de mulher. Esse fiapo de gente, esse fiapo de mulher, esse fiapo de santa. Para ser essa mulher derradeira, última, que chega sempre empurrando a carroça. Chegando-se para viver bem. Na solidão de sua humildade. E se lembrava de tantas coisas. Lembrava e não queria lembrar. Afinal, o dia estava apenas começando. Não sabia mesmo se não queria lembrar.

Lembrar o quê? Para que lembrar? As palavras ruins estavam voltando, chegavam assim, se oferecendo, as palavras ruins chegam, num instante. E as imagens, sobretudo as imagens, aquelas que se formavam na memória e no dia, também vinham. Agora não quer palavras nem imagens. Não quer lembrar. Mas não quer se lembrar feito aquela vez em que foi contar a história a Leonardo e só se lembrava de uma palavra, e depois de uma frase, e depois de uma oração, e depois de um período, era tão difícil assim. Dizia uma palavra e ele ficava esperando a outra. Bem assim: uma palavra e depois outra, daí porque repetia tanto as palavras, repetia as palavras porque não se lembrava da palavra que passava e da palavra que vinha depois, e das duas juntas. Tinha que ser devagar e irritante. Sobretudo para ela que fazia um esforço enorme, a boca aberta, para se lembrar do conjunto das palavras. De uma cena, de um cenário. Um esforço enorme.

Toda essa Mágoa do Recife

Lembranças — no plural, uma palavra; no singular — lembrança. Uma coisa parada, estática, não precisava lembrar. Não era uma questão de medo. Não tinha medo de nada. Como não queria lembrar do batom. Tantas vezes mudou. Houve um instante em que tinha mais de dez ou quinze caixas de batom diversas na bolsa. Para cada ocasião. Quase enlouquecia. Pensava que estava enlouquecendo. Porque estava no quarto e achava que o batom era vermelho-escuro, denso. Mas se passava pelo corredor, e quando passava pelo corredor, apagava os lábios e usava batom rosa, de uma cor mais esmaecida, por causa da luz. E na sala de jantar? Quando estava na sala de estar, qual o batom? Tinha que encontrar na bolsa o batom marrom vivo, porque os lábios precisavam contrastar com a cor dos móveis. Que afinal nem eram móveis, um bando de cadeiras quebradas, rasgadas, e uma imensa mesa que servia para as refeições e para as orações.

Nunca mais queria ouvir o sax de Leonardo. O pastor. Sentia mais ternura do que saudade. E isso é saudade? É saudade ou é mágoa? Nunca me sequestrou direito. A raiva que tenho dele: nunca me sequestrou direito. É só um jeito de viver, Camila. Para falar a verdade, nunca me apontou um revólver, ou apontou? Aquilo que ele carregava embaixo da camisa, na cintura, era ou não um revólver? Sei lá, benza-te Deus. Não precisava. Não precisava me apontar um revólver. Eu estava sequestrada mesmo. E quem está sequestrado faz o seguinte: obedece. Sequestrada nunca desobedece. Mesmo que tenha liberdade. Que era o meu caso. Liberdade de ir à confeitaria, liberdade de ir ao cinema, mesmo que não tenha ido nunca ao cinema, não ia, não ia mesmo. Mas porque não queria. Leonardo nunca teve nada a ver com isso.

Não tinha medo que do que ficou no passado. Só não queria lembrar. Só e só. Queria mesmo era sentir esse cheiro do Recife, esta manhã, e ficar sentada, ou andando, ou passeando, Recife ainda era uma cidade meio provinciana, os gritos dos homens vendendo cajus, abacates, mangas, laranjas, goiabas, os vendedores ambulantes vendendo frutas e verduras nas portas, nas janelas, por entre as grades das casas, e esperando que alguém viesse lhes trazer o café. É isso, meu Deus, é isso que quer dizer. Esfrega as mãos. Qual é a cidade que, às cinco horas da manhã, o homem sopra o apito para vender cuscuz? Aquele cuscuz molhado, papa pura, que se desmancha no sabor da boca ao primeiro gole do café? Ainda tem isso, tem? Ainda tem amolador de faca, o homem batendo no prato de metal para convidar os fregueses, tem? Tem uma mulher na calçada vendendo feijoada, sarapatel, dobradinha, em imensas panelas, e um menino servindo cachaça com caldinho? Mágoa, saudade, lembrança.

O Mundo Vai Embora

Tantas palavras. Era isso que queria dizer desde o princípio. Desde o momento em que saiu de casa, pegou a carroça no terreiro e começou a caminhar, empurrando-a pela rua. Era disso que queria se lembrar, mas não conseguia e não queria fazer esforço. Não queria, mas as palavras ruins começaram a aparecer e, à medida que apareciam, também formavam imagens que ela não queria ver. Era só isso. Não queria ver. Agora as pessoas podem fazer alguma coisa por ela. Não quero exigir coisa alguma. Eu sou a última, a derradeira da fila, a que espera que o mundo vá embora. No fim da fila o mundo vai embora. Que alívio. Não estavam vendo que tomara banho? Não estavam vendo que passara sabão na pele? Não estavam vendo que usava um vestido inteiro, sem cinto, enxuta e cheirosa? Não estavam vendo? O que custava trazer o café? Por que as pessoas nunca traziam o café? Toda essa mágoa. O café que vinha. Não esmola.

Também não vai incomodar. Nunca quer incomodar.

Camila empurrou a carroça, esperava. Lembrar somente que tomou banho de manhã, se é que aquilo pode ser chamado de banho, duas ou três latas d'água pequenas, latas de doce, jogadas na cabeça, recolhidas nas pias da vizinhança. Nas pias dos terreiros, dos jardins, aquelas pias grandes que ficam encostadas nas paredes. E sem sabão. Nem sabonete. Uma regalia essa história de sabão ou sabonete. Às vezes encontrava um pedaço no lixo. Guardava-o. O sabonete grudava na sujeira, se enchia de pedrinhas e arranhava a pele. Em muitas ocasiões precisou limpá-los. Antes de tomar banho, dava banho no sabonete. Passando água, passando, esfregando, arrancando as pedrinhas com as unhas. Quantos anos? Quantos anos Camila tinha agora?

No final, esquecida, percebia que sobrava ainda um pouco de sabonete, só um pouco mais, menos da metade da metade, mas faltava água. Acabara-a lavando o sabão. E insistia. Não gostava de sair de casa sem se lavar. Sem sutiã. Mulher que envelhece tem que tirar o sutiã, Camila sabe. Para que ninguém tenha desejo. Os peitos caem, vão arriando pela barriga, soltos e moles. Já viu muitas mulheres com os peitos soltos e moles. Tinha uma até que era elogiada pelos deliciosos peitinhos murchos. Jogava um vestido no corpo, pronto, assim, e perdia a cintura, e já não era mais uma mulher. Uma velha — somente uma velha. Homem, não, homem quando envelhece, como não tem sutiã, usa um terno preto, de preferência meio acinzentado, desbotado nos ombros, a camisa solta por baixo, às vezes até desabotoada. E de chinelos, sempre de chinelos. Com essa camisa fora das calças, fora das calças frouxas. Velho não pode despertar amor. Nem sexo, nem aventura. E vai jogar dominó na praça.

Mulheres Diversas

Estava tudo ganhando forma agora. Tomou banho, não usou sabonete e nem calcinha. Sim, mas o que era que vinha depois? Procurava na memória, estava procurando sempre, ultimamente tem sido assim, dava uma agonia, localizando na memória as imagens e as palavras, os fatos e os acontecimentos, e ia arrumando os fatos, um depois do outro, para formar uma vida, não é assim que se forma uma vida? Às vezes desenhava a palavra no ar, com o dedo indicador, e só assim a palavra aparecia, primeiro no ar, as palavras nascem no ar, e depois na memória. Arrumando os fatos de maneira bem linear, um depois do outro, assim mesmo: um depois do outro. Porque um depois do outro significava a formação dos dias de semana, de meses, de anos, e não queria formar assim com essa clareza toda. Não queria formar com essa clareza toda porque não lhe interessava, alguns fatos não lhe interessavam. Não é que fossem dolorosos, ruins, maus, não era isso que queria dizer. Compreende? Não era isso que queria dizer. Camila só queria mesmo era ter o direito de selecionar os fatos de sua vida. De selecionar a vida. De ter uma vida. E uma vida que ela mesma escolhesse. Por que é que vou querer na minha vida pessoas e coisas que só me fazem mal? Eu só tenho essa vida. E só quero para ela o que me dá prazer. Uma vida. Tem coisa melhor do que uma vida?

Ela olhava as ruas e se lembrava do sol. Desse sol tão abundante que se joga inteiro sobre as casas, os telhados e os jardins. Um olho pequeno, brilhante, agitado. Por um instante, só por um instante, agitado.

O corpo quente, o calor tomando conta dos ombros e da face. Café, meu Deus, enfim. Devia tomar café. Isto é, se as pessoas lhe dessem café. Talvez um pão. Talvez manteiga. Ou talvez café. Bastava café. Mas a ordem era a seguinte, é a seguinte: acordar, banhar-se, tomar café. Entre acordar e banhar entrava uma lembrança, uma recordação, uma memória. De forma que ficava mais leve suportar a existência. Acordar, uma lembrança. Banhar-se, uma recordação. Tomar café, uma memória. Mas se alguém não lhe vinha trazer café, não fazia o café, então a ordem se quebrava, que nem era culpa dela, a ordem se quebrava e aí ela não podia continuar. O mundo perdia a ordem. Perdia a organização. O dia ficava parado. O dia ficava parado na cabeça. Não podia continuar, entende?

Quando ficava assim sentimental, quem ela era? Mariana? Mariana, não. Ísis? Ísis, nem pensar. Talvez, e agora com certeza, Raquel, era Raquel. Mas não queria ser sentimental. Sentimental é uma coisa vazia, não vale a pena. Então volta para Camila. Camila apenas. E basta. Sentimental é tão triste.

E esperar que alguém lhe traga o café. Por isso ficava sentada no meio-fio, as pernas cruzadas, perto da carroça, esfregando o pano na cabeça, à sombra de uma árvore. Esfregando o pano sobre a cabeça. Isso, isso mesmo. Sem esquecer que era Camila, embora gostasse tanto de Mariana. Tinha saudade de ser Mariana? Quantas vezes foi Mariana? Em quantas situações?

Foi Mariana quando o irmão levantou-a pelo braço e deitou-a na cama. Quase sentiu um prazer de mulher. Quase um prazer de gozo. Esperou com os peitos quentes. Calma e quieta. Um quase prazer agonioso, mas era Camila no corpo, apenas Mariana na vida e Camila não sentia prazer, nunca sentiu. Uma agitação boa subindo pelas pernas. Pelo peito. Formigando nos seios. Pelo coração solitário e sangrento. Era assim. Mesmo assim gostava de ser Mariana. Era Mariana sempre quem dormia ao seu lado. Sem desejo, mas lembrando.

Doce Gosto de Laranja

Como uma pessoa pode mudar de cor a cada instante, a cada segundo do dia, assim ela também mudava de nome, mudava de ser, mudava de personalidade. Era só a oportunidade surgir. E ainda tinha os amores femininos de Ísis. Não está lembrada de Melissa? Não lembrava, não? Muitas vezes foi levada por Ísis para os amores com Melissa. Essa nunca deixou de gostar de boleros, mesmo daqueles mais vulgares que se ouviam nos rádios, das duplas sertanejas, vozes finas e chorosas, nada como chorar pelos amantes. Pelas amantes. Naquela noite, foi ver Melissa no casarão da Praça Chora Menino, que ainda existia, e dormir com ela, as duas juntas, bem juntas. Melissa se aconchegou ainda mais, o corpo colado ao de Ísis, as duas — uma fingindo dormir e a outra cochilando, que era inevitável, quase inevitável. O corpo estremeceu, o corpo de Melissa estremeceu, ela estremeceu, apertou a cabeça de Ísis, apertou e relaxou lentamente, muito sossegadamente, sentindo o gosto de laranja na boca. Aliás, só soube que era gosto de laranja, não ia passar por mentirosa, de jeito nenhum, só soube que era gosto de laranja porque a própria Melissa, com muita ênfase no própria, foi a própria Melissa quem lhe disse. Sentada na cozinha, enquanto esperava o suco que Ísis fazia, ela afirmou o suco de laranja é o seu gosto, seu sabor, seu prazer, minha irmã.

Até que lhe disseram, acha que foi a cigana Madame Belinski, se é que está lembrada mesmo, e já agora, na velhice, que Camila era a Ministra de Deus. O nome Camila significa Ministra de Deus. Quer saber? Então preciso ir devagar, bem devagar. Devagar, assim: foi Madame Belinski quem disse às meninas que o nome Camila significa Ministra de Deus, na origem, no começo. Tem outros significados mas este é o mais forte, o que ama mais, o que a ilumina, porque quer ser santa. Está entendendo agora? Depois da Ministra de Deus, o que era que vinha? Eu sabia, eu sabia, não era apenas um nome, um destino apenas, mas um destino de santa. Ministra de Deus e Sacerdotisa, padroeira dos enfermos e dos hospitais. Quer saber mais alguma coisa? Quer saber? Aquela que foi criada nos bosques. Também tem esse significado, Camila. É só consultar os livros. Só? Apenas criada nos bosques? Não, apenas, não. Criada nos bosques e alimentada com leite de égua. Não pergunte mais, nem peça que repita, porque não sei dizer isso assim direitinho. Já expliquei. Não, não é assim. Tem mais? Agora não me lembro. Estou cansada, estou exausta. Por favor, não me peça. Por favor. Cansei. Não consigo ficar repetindo essas coisas, todas essas coisas, tantas coisas, durante esse tempo enorme. Por favor. Uma coisa depois da outra. Pela ordem. Eu nem gosto de tanta ordem, mas se não for assim, não consigo nada. Primeiro uma palavra, depois volta para a primeira, repete a segunda, e chega à terceira. Dá uma agonia, não é?

Também? Também se quisesse seria Madame Belinski?

Não, não quer, não deseja, não pretende ser mais outra, embora sempre fosse por algum tipo de vontade e não apenas por querer. Se é possível, então, não será Madame Belinski, aquela menina prostituta que se transformou em cigana para não apanhar mais. Apanhada. Esfolada. Estuprada. Mais ainda, se pode compreender: nunca seria madame, nem mais Ísis, nem mais Mariana, que adora tanto, será somente Camila, a escrava liberta que serve aos sacerdotes nos sacrifícios. Ministra de Deus. Assim: serve ao sacerdote e portanto será sacrificada. Eis o destino. E liberta. É certo dizer escrava liberta? Sim, escrava, para sempre escrava. Escrava de Camila. Sendo Camila, escrava de Camila. E não escrava de Ísis, ou escrava de Melissa, ou escrava de Mariana, até mesmo de Mariana. Escrava nem de si mesma. Nunca mais e para sempre. Camila escrava liberta do sacerdote. Sacrificada. Era outra interpretação. Além de Camila e Ísis e Raquel e Mariana ainda tinha de suportar as tantas interpretações do nome. Muitas interpretações. Suportar isso, hein? Quer ser Melissa? Não, não, por favor, não. Sou uma pessoa, não sou multidão.

A Sopa das Gentes

Era a hora de recolher papéis, os papéis velhos, e ela ficava ali, cabeça baixa, sentada no meio-fio esperando também os frutos podres. As pessoas traziam os frutos podres. Quase sempre laranjas. A empregada vinha, colocava a mão no portão de ferro, olhava para um lado, para outro, e saía com a sacola na mão. Ajeitava-a junto ao meio-fio, mesmo que houvesse um lixeiro da prefeitura, deixava-a ali. E vinham depois os cachorros. E em seguida os gatos. Só faltava Conrado. Conrado com os ratos e a rabeca. Se Conrado aparecesse, poderia ajudá-la, nesse instante em que toma a carroça, caminha para outro lugar, para onde os frutos podres possam servir só a ela. É costume no Recife, por exemplo, que as pessoas coloquem sacos com bananas, pães, biscoitos, em cima da amurada, perto do portão. Sabe por quê? Porque as pessoas têm até medo de dar esmola. Ela caminhava com a carroça olhando o chão. Feito tivesse um defeito no pescoço e não pudesse levantar a cabeça.

E viu, ela viu numa parede a sacola amarrotada, se rasgando na água suja de restos de galinha: pés, cabeça, penas, rabo, tudo amarrado. E tudo dado como esmola. As empregadas é que faziam os pacotes, colocavam na murada, as patroas não podiam ver, não, de forma alguma, não podiam ver. Não admitiam. Não aceitavam. Escondiam. Guardaria aquilo para um almoço, talvez. Não servia para o café. Se voltasse para casa, a tempo do almoço, faria uma sopa. Com a liberdade de uma escrava. Camila arranhava um sorriso. Uma escrava liberta é coisa engraçada. Nem precisa repetir. Escrava presa nas paredes do corpo, enjaulada, sem forças.

Destino do Passado

Bastava agora empurrar a carroça até o outro meio-fio, fazer uma pequena manobra para encostar o pneu ali. E esperar. Talvez nem precisasse esperar. Sempre estava ali, todos os dias, sentada agora no meio-fio, esfregando os cabelos por cima do pano encardido na cabeça. Escrava, sim; escrava, era; escrava, fora. Escrava do pastor Leonardo, de Ísis, de Raquel, de Alvarenga, de Mariana. O que lhe fazia bem. Na verdade, lhe fizera um bem enorme, mas procura olhar a mão, sempre olhar a mão, as linhas do destino, o destino ali, o tempo todo, mexendo, se mexendo, que são as linhas do passado, e só encontra Camila. Gosta de ser apenas Camila? Está bem assim? Camila? As linhas do passado, o destino, a roda da sorte. O destino do passado? Escrava liberta. Tem certeza. Faz tanto tempo, quantos anos? Lembrou?

Lembrar o quê? Pra que lembrar? Para quê? Esse negócio de lembrar a deixava exausta. O juízo queimava, pegava fogo, ardia. Precisava, de novo, passar as unhas na cabeça. As palavras ruins estavam voltando, chegavam assim, as palavras chegam, num instante. E as imagens. Agora não quer palavras nem imagens. Já basta. Não quer lembrar. Lembranças. Camila empurra a carroça, encostando-a na parede, espera. É hora de recolher os papéis, os papéis velhos, e fica ali sentada no meio-fio esperando também as laranjas. As pessoas traziam frutas podres. Ela podia se alimentar. Muito bem. Não do lixo, mas das laranjas. Apenas. Embora não gostasse das lembranças, fazia um esforço enorme para expulsá-las, e elas ficavam. Sempre. Precisava encostar a carroça. Sem preguiça. Nunca estava com preguiça. Bastava esperar um pouco. Ou apanhar o saco plástico com os restos da galinha para uma sopa. Antes que a dona da casa reclamasse da empregada.

Caminho da Águia no Ar

A sensação que tem é a de que volta a empurrar a carroça naquele dia, naquele exato dia em que começou a empurrar uma carroça, em que Leonardo reuniu o grupo religioso na mesa de refeições da casa-grande de Arcassanta, para anunciar a passeata. A princípio disse que era uma consulta, que precisava ouvir todo mundo, debater. Democraticamente. Nunca mais esqueceu essa palavra: democraticamente. O chefe sabia comandar reunião, sabia, e se comportava de forma tão esquisita: permanecia quase com o busto deitado sobre a mesa, os braços estendidos, batendo as mãos, de leve. Passava as mãos nos cabelos. E, às vezes, estremunhava. Sabe o que é estremunhar? Observe: Estontear-se, aturdir-se, desnortear-se, desorientar-se.

Definitivo: Ainda estonteado de sono. Ou de aguardente. E embora não tenha consultado dicionários, na verdade nunca consultou dicionários, fora sempre uma aluna de mais ou menos, ficou com a palavra batendo nos ouvidos. Porque é preciso destacar que, em Camila, tudo se transformava em palavra. E quando queria dizer uma palavra, aí a palavra não saía, ficava desenhando a palavra com o dedo indicador, e a palavra ia se desenhando na cabeça, se desenhando, e se ninguém interrompesse, a palavra vinha. Pronta e bela. Muitas vezes, não; muitas vezes, nem assim. Palavras boas, palavras ruins, palavras que voltavam. Palavras são pássaros, ela disse brincando, brincando com os dedos feito asas, já velhinha, brincando com os dedos e fazendo besourinho com a boca, ficava brincando, brincando com o Menino Jesus, tinha medo do sacrilégio, esperando a noite chegar, deitada na cadeira, quase deitada, as pernas espichadas, palavras são pássaros voando, batendo as asas. Têm que estar voando. Por isso é difícil lembrar. Muito difícil — só brincam com o Menino Jesus os grandes santos, Santo Antônio e Santa Terezinha, ela queria sempre ser chamada de Terezinha. Chega dava um frio na espinha. Tanto que queria ouvir risada do Menino. Do Menino Jesus.

Revoada de Palavras

Falar, e ela falava, é como pegar palavras em pleno voo. Palavras que são pássaros. Pela ordem: trazer memórias, subir no ar para pegar palavras, juntar palavras voando. Palavras são pássaros e são águias. Unhas afiadas, bicos finos. Quem pega, tem que saber pegar, senão bate nas esporas. Furam. Palavras que furam, maltratam e matam. Tem que saber dar o golpe. Ela se lembrava dos bichos e das aves ainda mais perigosas — que se misturam nas árvores e ninguém vê —, perfeitas na armadilha e no golpe. Perfeitas. Tudo porque a memória estava desaparecendo, desaparecendo ou sempre foi assim? Memórias de palavras que se juntam e revoam. Palavras são pássaros que mudam de cor e de caminho. Palavras são pássaros e são águias e são bichos e são aves. Palavras são. Palavras são Ísis, Mariana, Raquel. E até, se for necessário, são Melissa, Biba, Madame Belinski. Elas também voltavam. E Biba, sempre Biba. Não esquecia.

E quando certas palavras voltavam, elas voltam, voltam sempre, voam e voltam, tinha uma sensação esquisita: faltava, faltava terra nos pés, de verdade. Um sentimento aterrador: os pés acima da terra e as mãos no ar procurando palavras. Não somente coisas assim: crimes, tragédias, dores. São palavras comuns, palavras óbvias. Quem diz crimes, sente crimes; quem diz tragédias, vive tragédias; quem diz dores, guarda dores. Qual a novidade? É sangue, e sangue, e sangue. E crime é crime, tragédia é tragédia, dor é dor. E pronto. Sorriu — nunca mais tinha dito pronto. Também uma palavra, uma palavra e um vício. Balançava a cabeça, brincando com ela só. Era fácil conviver com estas palavras todos os dias. Estas não são palavras aterradoras. Quais são as palavras aterradoras? Por exemplo, ela sente e revela: caráter. Morria de medo dessa palavra. Escorregadia. Sim, a outra palavra de que tinha medo era: escorregadia. Que palavra escorregadia. E agora uma palavra estranha, uma palavra escondida no sofá: humano. Nem valia a pena pensar. Estas são palavras aterradoras e verdadeiras.

Criação

Naquele instante, depois que a cabeça voou com tantas palavras, ficou na expectativa para escutar o pastor. Ele estava estonteado. Depois de uma noite de cachaça, quem sabe caído numa dessas calçadas do Recife, nunca foi a festa, não gostava de festas. Quando começou a prestar a atenção ele já estava falando. Com aquela voz lenta e baixa. Voz de quem lê a Bíblia. Só uma curiosidade: embora fosse fundador de uma igreja, Os Soldados da Pátria por Cristo, lia muito pouco as palavras sagradas, embora nem sempre se justificasse. Lia, com certeza, lia mesmo. Mas só raras vezes. E ela nem sabia a razão. Ele tirava uma Bíblia, de capa negra e estragada, da mala que guardava no quarto, uma mala dos tempos antigos. Depois que fazia isso, ia para o terraço.

Sentava-se. Sentava naquela cadeira velha, velha e rasgada, botava o pé esquerdo, com a sandália, na madeira do assento, o direito, sem sandália, ficava no chão. Sacudia o esquerdo todo o tempo, o tempo inteiro. Ela nunca prestou atenção. Era tão raro que ela não prestara atenção e agora, com a memória da velhice, vê os óculos. Leonardo usava uns óculos de aro preto, uma das lentes, se não está equivocada, a esquerda, quebrada, aquele vidro fosco e todo machucado. Se tivesse visto naquele tempo de outrora então ia conseguir dinheiro para comprar uns óculos novos. Por que não? Ou via apenas o que queria?

Epifania

Terminada a leitura, ele se levantava em silêncio, sempre em silêncio, pegava o saco onde guardava o saxofone e começava a tocar. É preciso destacar: ele tem muita competência. Muita competência. Tem ou tinha. Esta ordem não faz o menor sentido, mesmo que goste tanto de ordem. Das coisas que seguem um fio. Uma linha reta. Pois bem, começava a tocar, no princípio muito acanhadamente — uma nota e mais outra e mais outra. Parava. Recomeçava uma nota e mais outra e mais outra. Parava. Ficava pensando. Não tomava uma única anotação. Reabria a Bíblia e só então me pedia para trazer um tamborete. Colocava o livro sobre o tamborete, apoiava-o com uma pedra e lia. Lia não como um livro, mas algo semelhante a uma partitura. Fazia aquela linha melódica de que falei antes.

Tocava e tocava. Parava, ia com o dedo até uma frase, não uma frase melódica, a frase do livro mesmo, creio que até mesmo uma palavra, pode ser — as palavras estão voltando —, e, novamente, com a boquilha entre os lábios: tocava. Uma nota cheia. Experimentava uma, duas, três, infinitas vezes. E voltava a ler. Parava. Movia a mão direita. Parecia um maestro. Camila prestava muita atenção no detalhe: ele batia o pé no chão, o pé direito, é claro, de acordo com o compasso. Que saía de um quaternário para um ternário. Quatro tempos — um, dois, três, quatro —, três tempos — um, dois, três, até encontrar o movimento decisivo. Pouco depois ele largava o livro, fechava os olhos e, quase assoviando, quer dizer, assoviando aquele assovio que a gente não ouve mas que existe, repetia tudo. Gesticulava com a mão direita e contava os compassos com os pés. Até o fim da tarde ou da manhã tinha a melodia inteira. Pronta. Era assim que convidava os fiéis para a necessidade de Deus. Não falava, falava pouco, pouquíssimo, em casa, não sabia para que as palavras prestavam. E sem tomar uma única anotação, tocava na frente dos fiéis, nas ruas da cidade. Camila pensava no batom que devia usar em cada situação.

Saía para tomar um gole. Estava exausto.

Silêncio

Leonardo falou, estava preocupado com o povo, acrescentando outra palavra: o meu povo. Preocupado com o povo, foi assim que ele disse. E ele falava tão rouco feito alguém estivesse tirando uma aranha da garganta. Está bem, continuou, Camila foi sequestrada, está entre nós faz tempo, já se acostumou, é uma das nossas, mas e agora? Sabe o que lembrava e agora? Lembrava a mãe dizendo o que é, José?, enxugando o prato com a toalha. Ainda naquele tempo ele tinha o vício — ou hábito — de falar cuspindo. Um horror. Indelicado. Estava no outro lado da mesa e lá vinha o cuspe. Raiva. Que raiva. Campeão de cuspe a distância. Ainda que remotamente se lembrasse, tirou um batom da bolsa, os batons estavam rareando, porque faltava dinheiro para o batom, e passou-o nos lábios. Interessante era como o batom envelhecia tanto tempo, tanto tempo no estojo, e não secava, nenhum batom secava. Dava uma saudade. Ele dizia e agora?, e olhava para o teto, feito estivesse olhando um vazio imenso. E a cara da mãe aparecia ali, patética, atravessando a porta.

E no momento em que ele dizia e agora?, as pessoas baixavam as cabeças, cruzavam as mãos sobre a mesa, em silêncio, todos em silêncio. Era preciso não perder a confiança do povo. De que é que ele estava falando, meu Deus? O povo confia, a gente não realiza, e aí vem o descrédito. Que descrédito? Então é preciso tomar uma decisão. Vocês concordam, não concordam? Aquele silêncio, o silêncio. Foi que ele explicou o que queria, isto é, um protesto, era preciso protestar perante as autoridades constituídas para não perder a confiança do povo, na igreja Os Soldados da Pátria por Cristo, não podia perder a confiança do povo. Protestar contra a falta do resgate. Contra o não pagamento do resgate. Contra essa falta de respeito. Onde já se viu? Negar o resgate para libertar a moça? Então sequestram uma moça e ninguém diz nada? Isso não podia ficar assim. Sem mais nem menos. Ninguém reclamou. Estava decidido. Mesmo. E para sempre. Nunca mais. Amém? Amém.

Do saxofone saíram sons divinos.

Abunda, Felicidade

Naquela manhã tão antiga, o Recife conheceu os poderes da igreja Os Soldados da Pátria por Cristo, quando viu Leonardo caminhando na frente, usava sandálias havaianas, calça cinza leve e uma camisa verde, verde esmaecido, bem claro, de linho e de mangas compridas até o pulso, amarrotada, e ela empurrando a carroça, ladeada por Raquel e Alvarenga. Todos se vestiam comumente. Até tentou que Leonardo passasse o lenço na boca, amarrado nas orelhas, para não provocar vergonha, atirando cuspe no povo. Só ela, e apenas ela, decidiu desfilar vestida de Mariana com as lindas anquinhas imperiais. Com um pé no sapato de salto alto e outro na sandália. Havia quem pensasse que ela era Ísis. Sabe por quê? Por causa das anquinhas imperiais. Ocorre que as anquinhas imperiais não eram de safadeza, não eram de folia, eram de arrepio. De graças. As pessoas não afirmam essa bundinha é uma graça, pegando na bunda das meninas? Pois é assim, assim mesmo. Bunda de Mariana. Ingênua, bela, graciosa.

Metade Mariana, metade Ísis. Nem um pouco Camila.

De outra forma, era a bunda de Ísis, que não tinha graça alguma, era bunda de safada. Bunda de tara, loucuras, esfregões. Safada. Uma safada de qualidade, não ia negar. Uma safada com qualidade. Não era tão safada assim. No entanto, seriam necessárias as ocasiões, não era em qualquer ocasião que ia sair com a bunda de Ísis. Mesmo assim, ela gosta de fazer uma advertência: É Ísis, não a bunda de Ísis. Para sair com a bunda de Ísis, mais exatamente, para ser Ísis, precisava de ocasiões com muitos deleites. Os dela lá, é claro. Porque Ísis também frequentava as aulas do professor Heronidíades, autor do fabuloso livro *Abunda, Felicidade*. E cuja lição máxima consiste em dar três pulinhos com as mãos nas nádegas, ao se levantar cedo da manhã e antes de fazer qualquer coisa, gritando também três vezes: Abunda, felicidade; abunda, felicidade; abunda, felicidade. Quando ela era Ísis, naquele tempo, tentou, escondida, fazer o exercício no quarto. Não deu resultado. Acho que esse doutor Heronidíades é esotérico demais.

Camila chega e dobra a cabeça para trás. Gargalhando. E com fome. Levanta-se, ela está se levantando, junta os pés, bem nos calcanhares, coloca a mão nas nádegas, pula uma, duas, três vezes. Repetindo a frase. Ninguém vê, imagina que ninguém vê.

No Ar e no Vento

Não era a carroça que carrega agora na rua, em busca do café da manhã, aliás, nem mesmo mais o café da manhã, porque, pela ordem, não havia mais café da manhã, o tempo avançara demais. O sol subia, passara a hora do café. Tinha que manter a ordem mental porque senão se perdia inteira e nem podia se lembrar das coisas. Encostada num pé de coração da Índia. Não ia voltar para casa agora, não faz sentido. Também não tinha almoço. Somente a velha cadeira onde se sentava para tratar os assuntos do dia. E dormir, nem sempre. Se acostumara com o pouco sono. Muito pouco sono, apesar das dores nas costas. Sentada no chão, procurava uma folha, folhas, para se distrair. Não para se divertir. Apenas para se divertir.

Primeiro acordar, segundo banhar-se, terceiro tomar café. Não tendo café, pensar. Com esforço, com grande esforço, seguindo o caminho da águia no ar. Hora de pensar primeiro no desfile de protesto. Não por causa da ordem, não havia ordem aqui, apenas cumpria um roteiro, desde que ela acordara. Precisa encontrar o tempo, o momento, a ocasião certa de segurar a águia no ar, no seu caminho, vento, era chegada a hora de pegar a águia no vento. No ar e no vento. A águia e as palavras. A águia que é palavra. E as palavras que são águias. Para permanecer centrada em si mesma, observando o sol das ruas do Recife. Buscando caminhos, refazendo caminhos, tentando caminhos. O pior parecia o suor escorrendo no peito, nos seios, embaixo dos braços. Daí a pouco estaria suada, muito suada, não gostava daquilo. De forma alguma.

Uma Corneta e seu Corneteiro

Leonardo queria protestar, sempre repetia isso, porque os pais dela, de Camila, não pagavam o resgate. E, além de não pagarem o resgate, não respondiam a qualquer solicitação. Exigência, não. Nunca eram exigências, porque os pais dela não atendiam exigências, com exigências não negociamos, nunca chegaram a dizer, mas logo, logo compreenderam que era assim e decidiram mudar a estratégia. Discutiram, ou não discutiram, ele apenas falou, como sempre, falando e ele sabia que ninguém ia contestar, ninguém ia acrescentar, ninguém ia dizer nada. Ela segurava o riso, observando Alvarenga, tão ingênuo com o gorro de Papai Noel na cabeça, a cara pequena e os ombros estreitos.

Assim aqui na reunião. Assim também no desfile, a barriga saliente. Assim, quando desapareceu — algum tempo depois Alvarenga desapareceu —, ninguém encontrou mais. Raquel dizia, com lágrimas nos olhos, pesarosa, ninguém pode ter feito maldade com uma criatura fina daquelas. Com a corneta. Sabia tocar corneta porque, camelô, precisava usá-la na cidade para chamar os fregueses. Ali pela Rua do Rangel, Gamboa do Carmo, Nova, Mateus de Albuquerque, Pracinha. E até a Praça da República, nem sempre, com aquele vetusto, antigo de velho, Palácio dos Campos da Princesa. Ficava com a boca roxa quando voltava para casa, à noite. Raquel sustentava-o, com pequenos chocolates, chocolates que eram, ao mesmo tempo, peixes que desembrulhava do papel, chocolates de peixe, peixe mesmo, mesmo de verdade, semelhante aos peixes que os domadores usavam para presentear os golfinhos, depois da exibição, ou do aprendizado. Só que ele era gordo. Bem gordo. Gordo mas com cara de anão. Talvez apenas barriga. Aquela barriga enorme e os braços pequenos. Por algum motivo ele tinha os braços pequenos. Ela subia no tamborete e oferecia o chocolate. Ele ficava assim, na ponta dos dedos, tentando alcançar o chocolate. A boca levantada, a boca bem levantada, e aberta. A boca aberta. Na ponta dos pés para receber a prenda.

Na boca.

Mariana de Camila

O povo deve ter escutado os toques da corneta, os moleques gritavam, assoviavam, batiam palmas, vaiavam. Pela ordem. Parecia a trupe do circo mas eram os Soldados da Pátria por Cristo marchando em direção do Centro da cidade ao sol da manhã retinindo nos prédios, nas árvores, nas praças. Bandeiras, muitas bandeiras — vermelhas, azuis, brancas. Formavam um cortejo: na frente estava Alvarenga, com um cachorro no braço, compenetrado, o gorro de Papai Noel, tocando a corneta, atendendo sempre um sinal do pastor, tendo Camila ao lado, vestido longo com as anquinhas imperiais. E, no entanto, naquele instante, Camila era mais Mariana do que Camila, mais santa do que mulher. Portanto, era Mariana. Do que, em muitas ocasiões, Camila não gostava.

Ela era Camila, a santa, uma florzinha de mulher, a florzinha de Deus. Mariana, não, a Mariana que se deixou violentar, de certa forma, estuprar — nesse sentido até parece um pouco com ela própria, Camila, estuprada por vingança, para se vingar de Paloma, que tinha um jeito estúpido de passar a língua nos lábios —, Mariana que se deixou violentar pelo irmão, Agamenon, só para não vê-lo triste. Para não ver a infelicidade, meu irmão. Nua, tinha sobre o seu o corpo suado e audacioso do irmão. Por isso não era Mariana. Mariana nunca que devia ter feito sexo. Isso era uma história. Isso não existia. Admirava em Mariana a humildade. Ela nunca que devia de ser santa.

Mesmo com a humildade de neblina. Nunca mais confunda essas coisas. Isso é coisa de mulher.

Sem Pássaros na Montanha

E mulher mesmo era Ísis, aquela que amava o irmão — não se deixou dominar pelo irmão para que ele não ficasse triste, na verdade amava-o em carne e sangue, o irmão, esse Leonardo pastor e bêbado, e levou-o para as aventuras da noite — e de quem tivera um filho. Também isso coincidia com Mariana, só que Mariana se deixava violentar, e, de certa forma, reagiu. Reagiu dizendo meu irmão, não, meu irmão. Com aquela voz, que ela usava sempre, voz de sussurro, voz de água caindo das serras, o barulho bom. Recolhido e amado pelo silêncio, e pela solidão dos matos. Nunca esquecia: se os pássaros não cantassem nas montanhas haveria mais silêncio nos campos. Até os pássaros eram dispensados, aqueles cujo voo no ar deve ser seguido pelos homens. E mais solidão. A solidão do corpo de Agamenon, a solidão das carnes, a solidão do sangue esperando por um ai de Mariana. Porque há uma solidão pública e uma solidão privada. Lembrando bem, então sofrera dois estupros: um de Agamenon, outro de Ary. E não gozava. Jamais gozou. No primeiro, deixou-se amar; no outro, pediu. Nunca perguntara a Mariana você gozou, minha filha. Eu sou Camila e não sei gozar.

Ambas sofreram no sexo dos irmãos, mas com uma diferença abissal. Mariana não amava Agamenon. Só aceitou o sexo para que ele não ficasse triste, não fosse infeliz. Uma irmã sempre tem que lutar pelo amor do irmão. O que não poderia esperar era ele vomitando. Fazer sexo com o irmão, tudo bem, nem um tão bem assim, um tão bem livre de qualquer agonia. No entanto, era preferível que ela sofresse, bastava ela sofrer, já havia sofrimento demais na família. O amor de Ísis por Leonardo era completamente diferente. Safado e vulgar. O amor de Ísis por Leonardo era depravado. Safado. Só porque não podia passar sem homem. Um impulso estúpido. E ela também, ela, Camila, se jogava inteira, embora nunca tenha tido qualquer relação com o irmão. Nem mesmo sabia gozar. E sobretudo com ele. Nunca nada. O pastor nem queria.

Camila de Ísis

E sem querer ser mulher. Claro, sem querer ser mulher de cama, as pernas abertas, os gemidos nos lábios, os seios esfogueados. Uma coisa definitiva: fora estuprada duas vezes, estuprada e desvirginada. Continuava sendo virgem, portanto. Discordava daquelas pessoas que imaginavam: perder a virgindade é deixar de ser virgem. Não ela, ela é virgem. Camila é virgem e, de certa forma, Mariana. Camila é virgem, diga, repita, Camila é virgem. Foi estuprada uma vez por carinho e afeto, mesmo contrariada. Não ia atrapalhar o irmão. Fora estuprada por Ary para se vingar de Paloma. Em nenhuma das duas vezes foi Camila, esta que está aqui, empurrando a carroça nas ruas ensolaradas do Recife, procurando frutos pobres, e aquela outra que participava da passeata promovida para protestar contra a falta de resgate, pela falta de diálogo dos pais. E nenhuma das duas perdeu a virgindade. Estuprada, sim; não podia mentir, nem negar. Mas um tal estupro que não vale porque foi obrigada, mesmo quando queria, ainda que obrigada por si mesma. Estupro com consentimento não é estupro. Não eu mas eu quero. E pronto, não vou falar mais com ninguém. Nas duas vezes não fora Camila: na primeira, Mariana; na segunda, Paloma. Estuprada no corpo, somente, se é que o corpo é somente, estuprada no corpo mas virgem de coração.

Não era e nem podia ser mulher como Ísis. Ísis fazia sexo porque adorava sexo. Empenhava todo o sangue nisso. Se arrebentava. Era assim, contudo, que ela gostava de viver. Queria se sentir estuprada, desvirginada, amada. Ela sabia; ela, Camila, ela sabia porque era Ísis também. Em muitos momentos da vida fora — e é — Ísis. Conhecia a sua intimidade, tocando com os dedos em cada nervo, em cada osso, mesmo quando o nervo é obscuro e distante, escondido. Ísis se satisfazia em ser mulher de Leonardo, tanto era assim que teve dele um filho, um verdadeiro filho que se chama Matheus e que algumas pessoas diziam ser de Dolores, a mãe de Leonardo. Seria, então, filho de Leonardo e Dolores. Um segredo, apenas um segredo: Não raro, Ísis chegava e queria ser Camila. Ou Camila queria ser Ísis. E Camila espantada não, Ísis, você não, Ísis, vá com essa bunda pra lá.

Camila de Raquel

Numa temporada foi Raquel de verdade. Se ela parasse, o grupo ia passar muitos jejuns. Vestiu a calcinha de Raquel, o sutiã de Raquel, o vestido de Raquel, e foi para zona, de braços dados com Alvarenga. A meia, não, a meia ela só usava para passear, de braços dados, com o camelô. Estava adoentada, agora, não podia ir para as folias da cama. Mesmo que as folias fossem obrigatórias. Foi aí que começou a gostar mais de Alvarenga, por conhecê-lo e por sentir, na alma e no sangue, aquele homem que Raquel tanto amava. Uma experiência que ela não vivera ainda. Amar pelas outras. Assumir todas as qualidades e defeitos. E assumir principalmente a cama. O que era uma dor imensa. Não pelo corpo, mas pelo coração. Era virgem de coração. E teve que oferecer o corpo. Só durante a função, dias depois, é que compreendeu o que é ser virgem de coração, para poder ser santa. Foi difícil. Deu um trabalho enorme. Conseguiu, todavia.

Ficava ali na calçada, Alvarenga tocava a corneta, era o mesmo que dizer, vem gente, olha o freguês. Empertigava-se toda, ficava andando de um lado a outro, toda oferecida. No momento em que o amigo batia continência três vezes e dizia sentido, era hora de se apresentar ao freguês. Não trocavam palavras. Quase sempre não trocavam palavras. Ali no quarto fazia sexo, em seguida ia para bacia com água limpa, bem fria, e lavava o sexo do homem, passando a água. E, em seguida, a toalha. Depois tinha o banho checo e ela jogava a água fora. Substituía por outra, era proibido usar a torneira. Coisas de cabaré mesmo, ninguém entendia. Uma vez escutou o dono da zona dizendo não quero mulher suja pegando na minha torneira. Ficou sem entender que torneira era.

Subia no tamborete e dava o chocolate a Alvarenga. Foi a coisa que Raquel mais pediu, não deixe o coitado sem o chocolate, não. Ouviu? Claro que tinha ouvido. Sabia de tudo.

Quem Fiscaliza o Olho?

Depois de descer a ponte, o grupo, ainda pequeno, insignificante, humilde — Raquel e Ísis, aos lados da carroça, seguravam uma faixa com o nome da igreja, Camila vinha em seguida — percorreu a Avenida Martins e Barros, entrou na Rua Siqueira Campos, passou em frente da Secretaria de Educação, fez a volta pelos fundos do Banco Central, e na Rua do Sol provocou engarrafamentos. Gente, muita gente nas calçadas. E o olho. Não podia deixar de ver. Não podia. Aquele olho pequeno e curioso. Arrepiada. Camila arrepiada. De onde vinha aquele olho? Era o olhinho do mundo? Houve um princípio de tumulto por causa dos moleques, das buzinas e dos gestos agressivos dos motoristas, palavrões, um guarda de trânsito esbravejando e apitando muito, colocando em ordem a caminhada. O olho ali, espiando, homens e mulheres, entre sapatos e sandálias. Fiscal do mundo? Era este olho ali no meio da multidão.

O que mais intrigava, e intrigava mesmo, é que Camila sabia: Leonardo não esperava essa espécie de apoio irrestrito ao seu protesto. E tanto não esperava que apenas alugou uma carroça com o homem que transportava velharias no bairro e mandou confeccionar a faixa. Nem mandou. É mentira. Ele recolheu a faixa num quarto de despejo, onde nem esperava estar mais. A faixa que ele usava no antigo circo que circulava a cidade. Ou seja, Os Soldados da Pátria por Cristo não tinham um templo tradicional. Um prédio, uma casa, um salão, onde as pessoas se reuniam e rezavam as bênçãos. Para não ter problema, Leonardo tomou emprestado, por algum tempo, da Índia Morena, uma lona de circo, rasgada, e que era levantada nos bairros mais distantes. Começam a faltar fiéis. O jeito foi recolher o pano, devolver à Índia Morena, passando o grupo a se reunir em casas velhas, ruínas, caídas nos subúrbios, e até nos bairros mais nobres, semelhante a esta casa da Avenida Rosa e Silva. Faltando fiéis e simpatizantes, era natural que não esperasse apoio tão forte.

No cruzamento da Rua do Sol com a Avenida Guararapes obedeceu ao sinal vermelho. Entrou na Guararapes ocasionando novo engarrafamento, embora saudado pelo povo que batia palmas, recebido pela apoteose de papéis picados em grande quantidade, jogados dos muitos prédios por funcionários públicos, contínuos, faxineiros, secretárias, atendentes. Logo esta avenida que experimentava a decadência com calçadas quebradas e sujas, imensas colunas dos prédios cobertas de cartazes, exibição de corpos nus e anúncios de bailes, festas, apresentação de artistas, logo ela estava rediviva. Os quatro seguiam, seguiam sempre, sem manifestação de corpos ou de palavras. Andando.

Agora Você, Amiga

Foi quando Camila, intrigada com o olhar de Paloma ainda criança, que era o olho do mundo, ela pensava, ela sabia, resolveu ser Ísis. Quer dizer, transformada em duas, não. Não se deslocava, não se desmontava. Permaneceu acompanhando a carroça e, com os olhos de Ísis, procurou interpretar a multidão. Sinceramente, não é que fossem duas pessoas. Não tinha esse poder, nem queria. Chamava para si, e sempre de acordo com as conveniências, a experiência de Ísis, e Ísis, na qualidade de fotógrafa, que fora a vida inteira, poderia interpretar de outra maneira. Compreender. Mas desta vez as coisas não eram tão fáceis. Talvez fosse a interferência de Paloma. A menina fugindo no meio do povo. Correndo.

Outras pessoas vinham acompanhar o cortejo apenas caminhando devagar, mas logo gritando e pulando, tomadas de entusiasmo, churrascos, preparadas para um piquenique, a sede aumentando, ruídos, estrondosos ruídos, algumas bebendo cerveja, comendo sanduíches. Deixando-se carregar pelo sangue quente nas veias, enfrentando olhos e olhares, os olhinhos do mundo e perguntando se eu me chamasse Ísis, eu sou Ísis, uma mulher de luxo e luxúria, queria se controlar, cantando, rezando, orando, mas quando Ísis chegava, quando Ísis se incorporava, e ela ficava assim uma mulher só e inteira, desejava que Leonardo nem prestasse atenção nisso. Ele podia confundir as coisas. Tinha medo do que podia acontecer.

Quem Geme entre os Foliões?

Aí apareceram os bonecos de Olinda, com mais de três metros de altura, o Homem da Meia-Noite, a Mulher do Meio-Dia, o Menino da Tarde, e a Galinha da Manhã correndo atrás do Galo da Madrugada. Balançando-se desgovernados, desengonçados, destemidos, bailarinos enfeitiçados, bacamarteiros, bumba meu boi, o povo, aquilo é que outros chamavam o povo. Mas precisava ser Mariana, só um instante, rápido, precisava urgentemente, via o Recife transformado num grande carnaval, mas não precisava participar da passeata, do cortejo sagrado, que exigia o pagamento do resgate, o pai dela devia ouvir os clamares. E quem sabe pular e brincar ali na Pracinha. Livre do sequestro.

Camila, que desejava ser Mariana — não exatamente naquela hora —, e de alguma forma era Mariana — na vida prática, na vida de todos os dias, era Mariana —, só reclamava porque ela perdera a virgindade, ela não queria perder a virgindade — embora ocupada em ajudar no desfile dos Soldados da Pátria Por Cristo —, foi Camila quem primeiro escutou, os ouvidos abertos, escutou a voz, uma voz que parecia sair das entranhas, parecia se levantar da terra com furor e paixão. Mais do que uma voz era um grito que se multiplicava e se partia, se estraçalhava em pedaços. Um grito inquietante demais para a alma. Foi difícil, muito difícil, suportar a presença, o dono do grito selvagem e grotesco; a presença de Conrado.

Aqui deveria chegar Miguel — está lembrado de Miguel? A história dele ficou lá atrás para contar depois? Está lembrado? Foi ele quem viu o Cristo no vitral, na época em que ajudava os camponeses de Salgueiro, no tempo da guerrilha, e Leonardo ficou com essa imagem na cabeça? Está lembrado? E decidiu que aquela era a hora de fundar a igreja, a seita? — A chegada de Miguel foi substituída, na última hora, por Camila. A verdade é que devia ser Miguel, e se Ísis chamasse seria Miguel, mas na hora de decidir, Camila teve saudade foi de Conrado, e em vez de dizer vem, Miguel, disse vem, Conrado. Participe você também, faz favor. E Conrado começou a falar, vai fazer o quê? A voz dele, de Conrado, que apareceu como se fosse empurrado pelo vento. E ele tinha um rosto estranho, olhos em fogo e face em sombras, repetindo as palavras do Apocalipse, o livro adorado, e do livro de Isaías, o profeta purificado pela brasa, do livro de João. Falou e falou. Só não tocou rabeca nem trouxe os ratos. Era tão estranho Conrado assim.

Queria ser Mariana ou Ísis? Qual das duas lhe serviria melhor neste instante? Quem chamou Conrado? Poderia ter sido Ísis, porque Mariana nunca faria uma coisa dessas. Posso jurar que sim.

Perversa Ironia das Ruas

A parada triunfal foi na Praça da Independência, onde prostitutas marcavam ponto, esforçando-se para atrair fregueses. O olhinho do mundo ainda estava ali, entre pernas masculinas e saias de mulheres? Camila não parou, é verdade que Camila não parou, Camila não para, o olhinho do mundo, aquele ali, aquele lá, mais uma vez arrepiada, aquele era o olho de Paloma. Engraçado, eram os olhos de Paloma ainda menina. Como era que Paloma usava aquele olhinho? Observou, mais outra vez, e os olhos continuavam ali. Vigilantes. E não podia negar: os olhos eram bonitos, um olhar terno e afetuoso, o olho de Paloma, desde que ela vira, quando menina, brincando, sentada no chão de areia.

Que estava fazendo Ísis, que não vinha ajudá-la?

Alvarenga tocou forte a corneta, pegou outro cachorro na rua, o cachorro quis saltar do braço, a carroça parou. E, por um instante, a cidade congelou. Congelou subjugada por uma espécie de silêncio, de um silêncio profundo e enigmático, porque todas as pessoas falavam e gritavam, pessoas saídas de todas as ruas, bandeiras de simpatizantes exibidas nas janelas do prédio, daquele raquítico, tosco e cruento edifício, chamado de Arranha-Céu da Pracinha, um povo possuído de grandes e profundas qualidades, sobretudo quando tomava as ruas e avenidas, com essa garra, esse desejo de sacudir frevos e marchas, xaxados e maracatus.

Vozes

Era interessante observar: todos falando, alguns falando baixo, outros falando até alto, falando alto demais, por demais. Acontecia alguma coisa. Nenhuma das mulheres poderia explicar. Parece que um braço, um braço extremamente vigoroso, baixou sobre todos na Pracinha, na Praça da Independência, e aquilo que seria barulho, muito barulho, foi se acalmando, acalmando, acalmando. Era possível verificar, sim, era possível. Todas as pessoas estavam falando, tudo ao mesmo tempo, numa conversa animada e contínua e, no entanto, sem barulho. Ninguém ouvia nada. Ninguém. Nem Raquel nem Mariana ajudariam. Ísis se quisesse, talvez. Paloma ali, menina, o olho da multidão.

E o grupo religioso voltou para casa do jeito que surgira: lento, bem lento, Leonardo na frente da carroça; Raquel e Ísis dos lados, segurando a faixa, e Camila atrás, desejando que tudo aquilo tivesse acontecido mesmo, o pai pagaria o resgate, ou não pagaria de forma alguma, como era que ficava o sequestro agora?, Alvarenga cercado de cachorros, sem tocar a corneta. Alvarenga também tinha mistérios: ora batia o sino, ora os cachorros latiam, ora tocava a corneta. Cada aparição, uma aparição. Lembrava aquela espécie de gente que vem do homem do cachorro do miúdo. No entanto, de todos, quem mais ficava sentido, naquela tristeza de meio de rua, era ele. É a pior tristeza, não é?, é a pior tristeza essa do meio de rua. Camila caminhava nas pontas dos pés, para exibir as anquinhas imperiais. Solitária, na imensa solidão das ruas: solitária. Linda.

As duas se visitando com os olhos.

Sem Susto. Só Assim

Como aconteceu, Camila pergunta.

Mas aconteceu. E o que foi que aconteceu? Acordava. Ela estava acordando e a primeira imagem que viu foi a parede áspera, áspera e solitária, atingida por um sol quente, cheio de calor, vigoroso. Logo acima, moveu com lentidão os olhos, estava o dia, as nuvens brancas e azuis, lerdas e suaves. Sozinha. Sozinha na casa podia olhar também a falta de móveis. Ficaria ali um tempo, só um tempo. Depois se levantaria para viver. O dia era para ser vivido. E amado. O que é que se vai fazer com um dia? A cada minuto se resolve.

As pessoas foram saindo. Deixando as paredes, as portas, os corredores. Essa espécie de ruína que se junta a tantas outras ruínas. Uma casa com pouco teto, quase nenhum teto, quando chovia as pessoas tinham que se proteger umas nas outras. Uma casa habitada pelo sol, pelo vento, pela chuva. E pelos raros móveis que resistiam, desapareciam, e que não voltavam mais. Chegavam camas velhas, sustentadas por tábuas, colchão de capim, sumiam. Cadeiras, poucas cadeiras. E espelhos. Armários, pedaços de armários. Coisas velhas que ficavam mais velhas ainda. Sumindo aos poucos — tábuas, pregos, verniz.

Sorriso Arrastado

Camila ficou de pé, não sem algum esforço, porque precisou se amparar nas mãos, nos braços, e se levantando, se levantando, se levantando. Até que a coluna, enfim, se sustentou, ereta. Quase ereta. Quase firme. Erguendo-se, como se fosse se partir ao meio. Nem sei se sou mais uma florzinha de mulher. Sorriu. Um pouco encurvada. O que aconteceu mesmo, hein? Os primeiros passos são difíceis, forçados, arrastados. Os pés pouco saindo do chão. E nem queria que tivesse acontecido. Não queria se lembrar. Desde muito, faz tempo, não queria se lembrar. Mas o quê, meu Deus? O quê? Ela não queria se lembrar mas as meninas estavam ali para isso mesmo. Bastava empurrar a carroça e repetir: eu não sofro. Nunca sofro.

Não precisou de cajado. Nunca precisaria de cajado. Tocou com as pontas dos dedos na parede. Amparou-se. A casa silenciosa, a casa-grande silenciosa. Bateu com o calcanhar no chão. Bateu e esperou. O silêncio se prolongou na casa, pela casa, em casa. Fazia assim sempre, fazia assim todas as vezes que se levantava e percebia que estava sozinha. De fora e de longe, de longe e de fora, quem a visse poderia perceber que o sorriso estava se arrastando nos lábios. Esse sorriso de reprovação. Na verdade, ela pensou que talvez fosse necessário dar três pulos com as mãos nas nádegas. Pulando e dizendo: abunda, felicidade; abunda, felicidade; abunda, felicidade. Aquilo que agora achava horrível, tão feio, tão sem graça. Bastava rezar. As coisas se ajustariam.

A Menina no Terraço, meu Bem

E nesse instante, nesse instante sem batom, era quem? Mariana, talvez? Ela mesma, Mariana não usava batom. Usava, sim, usava. Mesmo ela, quando não era Camila, apenas Mariana, mesmo ela, usava batom. Ah, usava. Corria para o quarto, pintava os lábios de rosa, a cor rosa esmaecida, e Mariana, olhe bem, e mesmo Mariana, que não usava, aprovava o batom. Nesse instante, na verdade, não usava batom, pintura nos lábios, firmes. Usava a memória. E na memória o batom existia. Podia sair e exibir-se na calçada. As pessoas haveriam de admirar o seu batom. O batom de Mariana. Bobagem, Mariana nem existe mais. Existe, é só querer que ela exista. Claro, não é mais jovem. Mariana não envelheceu. Toda vez que olha para trás vê a menina sentada no terraço, se balançando na cadeira. Eu sou Mariana. Eu sou velha. Ela, não. É o destino das pessoas. E Paloma?

Era assim mesmo. Coisas velhas e pessoas velhas. Não que coisas velhas não prestem. Não. Não é isso, escuta, não é isso. É que na casa abandonada — se ela estava ali, na casa, como era que ela era abandonada?, daquelas tantas casas abandonadas e devastadas, que sobram nas ruas do Recife, decaídas, arruinadas, isoladas, as coisas ficavam velhas, velhas, e sustentando uma espécie de vida mínima, pronta para se acabar, finda. Com ou sem dignidade? Não sei, essas casas são tão esquisitas que não sei. Eu não sei responder. Mesmo esta: o que aconteceu? Sei lá, e eu não sei de nada disso. Me perguntam cada coisa. Que eu perguntei a mim mesma. Perguntei, não; foi surgindo assim de repente. Sei lá.

As pessoas pensam que a gente sabe de tudo. Não sabe é de nada. De coisa alguma. Agora é só respirar. Porque é o que sobra da vida. Depois de tanto tempo, só a respiração. Um fiapo.

Caladas. Bocas e Janelas

E resistindo. As casas resistindo. As janelas resistindo. Os móveis resistindo. Um pedaço de cadeira não presta para ser cadeira, mas presta para ser encosto de espelho, encosto de outra cadeira quebrada. Não sei mesmo se isso é resistir, chama-se resistir, mas o pedaço, do pedaço, do pedaço, parece resistência, não parece, parece, parece não? Camila ainda queria se lembrar das janelas batendo. Onde há vento e chuva as janelas batem, não batem? Ocorre que havia parede e faltava janela. A janela de madeira, aquela que fecha. Como é que posso me lembrar do que não existiu? De forma que só posso dizer: nem janela, nem batidas. É só o que me consta.

E os da casa não se falavam. Sem nada ter acontecido. Quase não se falavam. Sem nada. Sem assunto. Não havia assunto, tudo sem assunto, murchando. As pessoas murchavam, as palavras, as vozes, os corpos. Ela agora, esta mulher, Camila, está lembrada, lembra bem desse domingo, um belo domingo recifense de sol e de pouco vento, em que eles acordaram, e ficaram, cada um ficou em seu quarto. Difícil dizer em que hora acordaram. Não todos juntos, mas um a um. Ou todos juntos, sei lá. Todos. Leonardo, Raquel, Alvarenga, ela — Camila. Não saíam para comer, conversar, beber. Não havia nada na cozinha. Quer dizer, na cozinha não havia nada, nunca. E não saíram. Não gargalharam — havia sempre uma gargalhada se espalhando, uma gargalhada se desmanchando, se partindo, uma gargalhada, uma gargalhada se espatifando, sabe o que é uma gargalhada, não sabe? Permaneceram nos quartos — o único espaço particular onde os corpos conheciam as limitações.

Quando Alvarenga saiu a casa estava cercada de cachorros.

Sem Cachorro e sem Corneta

Era um domingo. Não aquele domingo, este domingo, o domingo que está lembrando. Ela se lembra bem. Alvarenga era gordo, com o corpo feio. Lá vem essa história de corpo. Tem coisa mais abusada do que essa história de corpo? E a existência. A gente existe porque existe. E só existe porque tem um corpo. Só Raquel. Só quem fala nesse negócio de corpo é Raquel, porque tem, ou tinha, lá segundo ela, um corpo social. Filha de Ernesto e Dolores, estudava e lia muito, estudava e lia mais do que estudava, aí apareceu com essa história de corpo social, só porque naquele tempo as pessoas falavam muito em política. Um corpo social que ela, Camila, nem sabe mesmo o que é, porque quando era Raquel, ela também era Raquel, evitava até mesmo Alvarenga, está lembrado?, Alvarenga? Aquele que desapareceu, fugiu? Alvarenga, rapaz, o que parecia uma foca comendo os peixinhos de chocolate de Raquel, na ponta dos dedos, está lembrado? Como é que ia sentir falta de Alvarenga, tão insignificante ele era? Chegaram a desconfiar, mais tarde, que ele tocava corneta para espantar os homens de Raquel. Quem lá queria subir ao quarto da zona ao som de uma corneta?

Pois foi, ouviu, Alvarenga desapareceu, e foi a coisa mais triste. A coisa mais triste deste mundo, complete, vai. Raquel andava nas ruas, vestida de vermelho, chamando por ele, gritando nas esquinas, perguntando aos homens, quer hoje? Quem quisesse ela entrava, tirava a roupa, ficava na cama. Alvarenga, ela gritava, a voz cheia de lágrimas. Se eu não fosse Raquel, não ia acreditar, ela naquela agonia todinha e nunca foi para a cama com Alvarenga. Nunca. Quando ele desapareceu foi que ela se deu conta disso. Sentiu a falta. E eu também. Porque é assim, tem mulher que passa a vida rejeitando o corpo de um homem, esquecendo-o, nem estirando a mão para tocá-lo, e quando se dá conta a vida já passou. Imagine, eu sentindo a falta de Alvarenga, nunca tive nada com ele, achava que era um tanto batido.

Quer Hoje?

E, de repente, sentia tanta falta. A culpa é de Raquel. Nem gosto de me lembrar dessas coisas. Eu acordava de madrugada, ficava me perguntando para que é que sou Raquel, para que fui me meter a ser Raquel, agora aguente. E pronto. Agora aguente. Merda. Desculpe essa palavra. Raquel, não, Camila ficou corada. As palavras ruins estavam voltando. Ela pensava que, no normal, não sentiria saudades daquele homem. E por muito pouco não bateu na janela do vizinho, quer hoje? Já estava com a mão levantada, os dedos encurvados, a mão fechada. Eu não sou Raquel. Eu não sou Raquel, eu sou mesmo é Camila, não adianta ficar perguntando. Sustentou o medo.

E como não havia mais Alvarenga para tocar a corneta, o jeito era Raquel sair pela rua, sair pelo bairro, sair pelas esquinas, tocando corneta e batendo com os nós dos dedos nas portas e janelas, perguntando solícita, quer hoje? Quase ninguém queria, quase ninguém queria levar Raquel para a cama. E vários foram os dias em que ela saía de casa, muito cedo da manhã, já batendo nas portas, quer hoje? Só para enfurecer as mulheres, as esposas, as amantes. Como era que uma mulher se oferecia de porta em porta? As pessoas se reuniam nos bares, nas calçadas, nas esquinas, para ver se alguém mandava ela entrar. E ela entrava. Poucas vezes: entrava. Primeiro tocava a campainha, depois a corneta, e depois entrava. O toque da corneta era ridículo: o som tentando sair, Raquel bochechuda, e aquele barulho de pneu furado. Mas comovia muito, comovia demais. As vizinhas diziam homem é bicho, onde já se viu se aproveitar de uma doida, tem coisa mais comovente do que essa mulher tocando corneta, e perguntando quer hoje? Homem é bicho. Embora bicho nem toque corneta.

Sumiu. E Pronto

Cada pessoa de Arcassanta saía para arrumar comida, com exceção de Raquel e de Alvarenga. Até que ele desapareceu. Não podia ter deixado de amar Raquel, aquele homem com o gorro de Papai Noel, a foca amestrada. Que é que uma pessoa faz na vida para desaparecer? Tem uma coisa esquisita. Desaparece. E pronto. Uma pessoa desaparece sem mais nem menos. Devia de sentir uma coisa esquisita. Uma coisa partida na alma. Ou que estivera partida. Nunca entendia. Nunca ia entender uma pessoa sumir na esquina para sempre. Nunca mais e para sempre.

Para uma pessoa desaparecer assim, sem briga, sem discussão, sem motivo, tem que ter alguma coisa partida, lá nela. Sem motivo? Amanhece, percebe que não tem mais o que fazer ali, calça as sandálias, e some. Não pergunta porque não tem resposta. Ninguém tem resposta para uma coisa dessas. Nem mesmo Alvarenga. Se pudesse um dia encontrar Alvarenga não, que não ia perguntar uma coisa dessas, não fazia o menor sentido, não tinha coerência. Deve ter pensado, planejado, centímetro por centímetro. De forma alguma. Ninguém pensa nisso. Não quer nem saber. E não decide. Nem mesmo decide. Vou ali. Também não diz vou ali. Ou vou comprar cigarros. Vou tomar uma. Não diz. Caminha. E só. Segue o nariz, basta seguir. Não vai olhar para trás e virar estátua de sal. E se não sai do corpo, como é que pode uma coisa dessas? Não volta. Nunca mais.

Que é que Alvarenga ia fazer no mundo sem corneta?

Sol nas Pedras

Camila empurrando a carroça. O sol ainda mais quente, bem mais quente. Ela voltou pela Rua Visconde de Goiana, percorreu a Rua José de Alencar, a Rua Barão de São Borja, entrou no Pátio de Santa Cruz, encostou a carroça depois do posto de gasolina. Um mínimo posto de gasolina que ficava ali, só uma bomba vermelha. E pronto. Assoviava. Era naquele momento que assoviava. Um assovio morno, mole, magro. Um assovio de boca e vento, porque o som era tão raro. Catava as coisas do chão. Fósforos, folhas, palitos. Às vezes uma pessoa saía, passava dois, três dias fora, voltava. Ninguém ia perguntar nada. Ninguém se falava. As pessoas desaparecem. Desaparecem e voltam. Alvarenga, não. Alvarenga sumiu. E Raquel ficou atarantada, sem ter a quem dar chocolates. Será que na bomba vermelha, a única, alguém ouviu um dia falar em Alvarenga?

Uma coisa partida. Suspirou fundo, bem fundo. Nada se parte. Nem no corpo nem na alma. Ela sabe. Nem no dia nem na noite. Sabe. Essa coisa partida, mais uma vez, mais uma vez, saco. Nem mesmo com este sol reverberando nas pedras, atingindo a frente da igreja do Pátio de Santa Cruz, e que não brilha. Uma igreja interessante com uma torre, e só um lado que, recortado, cai até a parede, de longe lembrando duas águas. E o outro lado conjugado num prédio. Essa coisa partida seria a ausência de Mariana? Ou de Alvarenga? Meu Deus, Alvarenga, não. Não vai ficar perguntando. Não tem força para ficar perguntando. Mariana era tão boa, tão humilde, um fiapo de gente. De generosidade. Então fica certo: não tem coisa partida, coisa nenhuma.

Tem, Camila, basta pensar na bala perdida. Tem tanta bala se perdendo no Recife. Bala perdida e bala partida.

Girassol Severo

A única coisa que se partia era o corpo. Com bala e tudo.

Talvez fosse isso. Talvez fosse isso o que estava sentindo. Mais do que pensando, sentindo, sentindo de verdade. Se era assim, se era assim a ausência de Mariana, não podia emendar, nunca mais. Uma coisa partida mesmo. Cansaço, meu Deus, cansaço de coisa partida. Não é, Camila, que coisa mais chata? Por isso, a questão principal não era que alguma coisa estava ou estivera partida, era descobrir que coisa era essa. Que coisa. Como era uma coisa partida? Assim sem mais nem menos? Que estava partida, estava. Nunca mais ficaria inteira. Mas onde? E o quê? E por quê? Não era matéria. Não seria matéria para perceber. Para olhar. Para dizer assim: está partida. Nunca por Ísis. Pouco se lembrava de Ísis.

Bobagem, Ísis estava sempre ali e é tão bela. Uma mulher muito bela, sim, muito. Mas com ela era diferente, tão diferente, imenso: Ísis, a mais linda, não gostava mesmo de ninguém. Definitivo. Nem de Leonardo, nem de Melissa. Nem mesmo dela, Ísis. Como sabia disso? Ora, como sabia, ela também não era Ísis, essa tinha taras, desejos, libertinagem, sem controle, sem tempo, sem rédeas, bastava querer uma coisa, bastava, e já estava fazendo? Se era para amar, amava; se era para assaltar, assaltava. Não ia ficar pensando se pode ou não. O que pode, pode; o que não pode, pode também.

Tem coisa que se parte, não quer pensar nisso. E a gente nem se lembra. As coisas partidas estão sempre aqui, perto, tentando acalentar. Não acalentando. Essas coisas sempre querem acalentar. Não é uma coisa partida, é um zás de susto. Parece que vem para perto de propósito. Camila diz a gente gosta muito dessas coisas partidas, porque elas têm alguma coisa de carinhoso. De absolutamente carinhoso. De afetuoso. O peito em agonia. Aí o mundo fica azul. Azul? Tem certeza? Talvez cinza. Cinza com amarelo, que cor fica? Feito o domingo. Esse azul e cinza domingueiros do Recife. Quando está triste, mesmo que seja sexta-feira, quando está triste o dia vira azul. E está triste. Todo dia triste é azul. Todo dia triste é domingo. Coisa mais chata. E se não for azul, faça-se azul. E o dia se faz azul. Melhorou um pouco, só um pouco, mas melhorou. Aí a coisa começa a se partir. É azul por causa do sol. Tem início no domingo a coisa partida. Como assim? O domingo começa cinza. É assim. E o cinza é partido para dar lugar ao azul.

Não é um azul qualquer, como todo domingo que é azul, em qualquer lugar do mundo. Ela precisa deste sol, deste sol esplendoroso, tão largo e tão cheio, que ilumina o azul. Azul e amarelo. Ah, me lembrei agora. Percebi que estava faltando algo. A coisa partida era o domingo amarelo e vermelho. Um amarelo de girassol. E um vermelho de girassol. Vermelho? Deixa que seja, deixa. O domingo do Recife é amarelo mais azul e mais cinza. E vermelho. Outra coisa partida: de azul para amarelo. Por isso, amarelo de sol. E vermelho. Muito sol. Com azul e cinza. Descambando para amarelo. Amarelo girassol. Vermelho girassol. Mais tarde vermelho e descamba para o azul, no final da tarde, e depois cinza. Entenda: o domingo acorda cinza, fica azul e depois amarelo. Depois vermelho. Pensei num arco-íris. Mas não pode ser. É girassol. O domingo é um dia severo. Pode olhar pela janela: um dia cinzento e severo. Um dia severo. Sim. Um domingo sisudo. Cinza ou azul. Amarelo ou vermelho, o domingo é um dia sisudo. Um girassol severo. Porque a partir do meio-dia fica tudo amarelo. Em seguida vermelho. Só no fim da tarde volta a ficar cinza. E do cinza para o azul.

A coisa partida era essa: faltava o vermelho. Girassol de sangue.

Nunca Mais

Não escuro. O mundo não fica escuro. Fica azul. Mas o sol não entra, é cinza, abre a manhã, o dia. E o azul vem. Só azul e pronto. Por que fica azul? O dia fica azul cheio de cintilações amarelas. Uma espécie de saudade. De ninguém. Dessa coisa partida. Essa sensação de que não volta nunca mais. Está partida e pronto. Bem claro: está partida. E o que está partida? Quem sabe? Basta de perguntar. Não vale a pena nem mesmo ficar perguntando. O mundo se foi. O mundo não volta nunca mais. Nunca mais e para sempre. O domingo cinza, azul, amarelo, do Recife. Esquece o cinza. O domingo é o dia em que o mundo foi embora.

Faltou o vermelho. Está triste? A coisa partida é a ausência do vermelho. E repetindo, repetindo, e repetindo. Que vício, hein?

Agora partiu. Agora mesmo. Veja: agora mesmo. Fui olhar de lado. Eu vi. Há tiros em todos os cantos da cidade. Não pude fazer nada. Neste exato momento. Pensa que não vi? Eu vi. Nem precisa me enganar. Ninguém me engana. Eu vi o mundo ir embora, que é diferente de morrer. Aliás, muito diferente. O mundo foi embora, não é fácil explicar. Como assim? Não sei. Quando a gente morre, a gente é que vai embora do mundo. Tudo o mais fica, cumpre-se um destino, e nada mais. Agora é estranho, é diferente, é esquisito. Compreenda. Compreende. Compreende não? Nem eu. Com os tiros, o mundo vai embora e não ficam nem as ruínas. Ruína é azul, domingo é amarelo. Ou é azul? Como é que o domingo é de sol e é azul? Menos cinza. E amarelo, cheio de cintilações. O sol é vermelho cintilante.

Basta querer olhar e não ver. Como? Não sei. Olha e não vê. É assim que o mundo vai embora.

Horror, Horror

Nas ruínas e nos abismos a gente avança, Camila sabe, Camila está sabendo, Camila e Ísis, as duas abraçadas numa só, procurando a esperança, qualquer tipo de esperança, mesmo aquela que se estraçalha nas pedras como um velho estandarte esfarrapado, aquele inútil e esfarrapado estandarte que não era outro senão Leonardo, o bêbado que andava pelas ruas, o profeta que ofendeu o Senhor, naufragou nas visões e nas imagens, irreconciliado com o mundo e derrotado pelas dores do mundo, derrotado com o mundo e derrotado pelo mundo, o estandarte rasgado pelos ventos e arrastando-se pelas calçadas e pelas estradas empoeiradas.

Foi naquela noite em que ela usou batom fosforescente.

A noite satânica. A beleza satânica, ultrajante, escandalosa. Seguiu os mendigos que desciam para baixo da ponte. Que ponte? São tantas, tantas, as pontes do Recife. Era escuro e muito escuro, de doer nos olhos, ela lembra — e percebeu, assim feito se percebe a dor, mais do que senti-la, a dor na forma física diante dos olhos, e percebeu ainda a terra partida, o mundo fétido, e não queria, sim, ela não queria, e percebeu que nunca, nunca antes, aquela terra, aquele rio, o próprio arco daquele céu escaldante pareciam tão desprovidos de esperança, e tão sombrios, tão impenetráveis, tão impiedosos quanto a fraqueza humana, e tão desalentados, que o mundo se despedia, o mundo ia embora, todo ele se contorcendo embaixo da ponte, naquela noite em que as feras ensandecidas lutaram no escuro da noite impenetrável.

Os mendigos bebiam e comiam. Arrastavam-se na lama, meu Deus, arrastavam-se na lama, diante da palavra proibida, na lama e nas pedras, queixavam-se, reclamavam, insultavam, injuriavam. Sobretudo, injuriavam. E urravam. E grunhiam. E gemiam. Mas quem gemia e chorava entre os ais da noite? A onça pintada, o cachorro doido, a pantera negra? Quem gemia, gemer de choro, gemer de dor e, no entanto, gemer de insulto, e gemer de arrependimento, e gemer de amor, e gemer de paixão, gemer de gozo, gemer de puro gozo se espalhando no corpo, nas veias e nas carnes, se contorcendo, vencido pela morte, resistindo à morte e vencendo a morte, derrotado por ela, entre a água estagnada e as pedras, a agonia do gozo e a agonia do amor, estertorando de prazer e gemendo de morte, quem gemia? Ah, meu Deus, quem gemia? Quem geme de amor, geme de morte? Os estertores do mundo que se vai, resistindo no gemer e no gozar.

Meninas Somem

Talvez respirar um pouco o ar puro fizesse bem. Levantou-se. Camila levanta-se e vai para o tanque d'água onde as pessoas lavam os carros, aqui no Pátio de Santa Cruz. Primeiro, cumprindo a ordem natural do dia, para não esquecer, lava as mãos. Ela acabou de lavar as mãos. Basta perceber. Basta olhar. Agora apanha o sabonete que está no tanque, sabonete amarelo, e esfrega nos dedos. Com calma. Com absoluta calma. Limpa as unhas, assim: passando o sabonete nas unhas e depois a unha dentro da unha para arrastar o pó. Se pudesse escolher, neste momento, neste exato momento, seria Mariana. Mas estão todas desaparecendo? Ela está ficando sozinha. Camila está ficando sozinha. Por isso lava as mãos no Pátio de Santa Cruz, na frente da igreja, lavando as mãos no tanque perto do posto de gasolina.

Não é assim? Que parte do seu corpo fora partida? Não, não queria pensar nessas coisas. Nunca pensar. Talvez tivesse que explicar melhor: não uma parte do corpo, porque não havia parte alguma do corpo que estivesse partida. Não, meu Deus. Eu não quero pensar nisso. Não penso. Basta ordenar. Havia aquele susto, apenas um susto, e a sensação de que um sino batia nos ouvidos, dentro da cabeça. Não sou Raquel. Tira Raquel de perto de mim. Chama Mariana, chama, vai, chama Mariana. Ô, Mariana, vem cá, meu bem. Mariana, me ajuda. Não, eu não quero Raquel, até porque Raquel não vem, ela não esqueceu Alvarenga.

Ô, Ísis, vem cá, minha filha. Ninguém quer me ajudar hoje. Eu ajudei tanto elas, tanto. E ninguém quer me ajudar. Ajuda-me a chamá-las. Bota a mão em concha na boca e chama. Eu sei, sim, eu sei. Não foi nada que se partiu no corpo nem na minha alma. Agora sei: as meninas partiram, foram embora. Na verdade, foi só um susto. Ô, Mariana? Ô, Raquel? Ô, Ísis? Vocês não me ouvem, não? Alguém pode atender ao meu chamado? Eu estou sozinha, tem uma coisa se partindo em mim, eu estou indo, é? Eu não quero morrer, eu não. É assim que as coisas se partem. Ninguém me atende. Por que ninguém me atende? As pessoas vão embora, todas foram embora, foi isso que se partiu e não só a sensação de sino tocando nos ouvidos. Está entendendo por que repeti tanto? Essas coisas ficam enfadonhas, Camila, eu sei, mas é preciso. Ingratidão.

Nada se Parte

Já estava cansada dessa história. Todas as vezes em que pensava nessa história de corpo, de corpo e de coisa que se parte, começava a ter raiva. Quer dizer, não era raiva, não, mas uma coisa sentida. Uma coisa partida e uma coisa sentida. E por que não evita? Ela percebe que é uma espécie de volta em torno de si mesma, ainda que não queira. Evita. E pronto. Nunca mais vai pensar nessas bobagens. Confundia partir com partida. Todos vão, todos somem, e ninguém diz eu vou ali, volto já. E muitos nem dizem eu vou ali nem volto já. Faz o que faz. E pronto. Sai da vida de todo mundo. Mas o mundo é que sai da gente. Vai embora.

Estava claro, as meninas foram embora. Não está cansada. Não está. Então toma banho. Camila toma banho. Está tomando banho. Não é sabonete, é sabão. Não tem corpo nem nada. Nem alma. Ninguém tem alma. Não existe alma. Nada se parte. Não quer pensar. No peito? Também no peito, não. Na cabeça? Também não. Se é preciso explicar, explica assim: a gente se vê no mundo. E olha para o mundo e só tem mundo. E pronto. Está partida. Camila pensa que está cansada. Não é só uma coisa partida. Está cansada. Muito cansada. Não quer mais pensar nem perguntar. Nem coisa alguma. Gostaria de dizer não estou cansada. Mas bastou a água cair no corpo, dos ombros à cintura, e da cintura às pernas, e sentir, logo, imediato, aquela espécie de preguiça que leva logo à exaustão. A uma exaustão de deitar e dormir. Sabe que o nosso sono já está nos olhos, nas pálpebras, nos cílios. Sabe porque pende a cabeça. Se continuar assim vai dormir logo, logo. Uma coisa mais imediata. Uma coisa partida. Ah, meu Deus, outra vez. Era por isso que sentia sono: uma coisa partida, um domingo cinza, um domingo azul, um domingo amarelo. Um domingo que é um girassol severo. E sisudo.

Meu Deus, me Livra

A lembrança das anáguas arcaicas estava chegando. Nem havia pensado nisso. Mariana usava anágua, com certeza. E Raquel, talvez. Ísis, não. Ísis não usava nem usaria anáguas. Pois então fica assim. Só Mariana, a sábia, escondia a vida entre as pernas. A mais bela? Mariana seria a mais bela? Por isso fazia tantas loucuras. E também atraía loucuras. Não, não atraía. Ísis provocava loucura. Enlouquecia, se enlouquecia. E era capaz de usar combinação para os ritos. Com certeza. Era capaz.

Mas é impossível parar. Sempre. Arrepiada, toda arrepiada, sentia que alguma coisa estava fazendo falta. E que nunca mais juntaria. Nunca mais. Bobagem. Não era isso, por favor, não. Por isso, acha, foi pensar naquela coisa de ter um corpo. Está voltando? Você está voltando, Raquel? Mas é um corpo, sim, e tem um peso danado. Pode dizer o que quiser, exaustivamente repetido: é um corpo, sim, e um corpo tem um peso danado. Meu Deus, me livra disso. Me tira disso. Não quero pensar nessas coisas. É tão normal estar aqui. Tão normal. Não quero mais. Não quero pensar em coisas partidas, em vidas, em gentes, em mulheres. Agora para. Está bom. Bastava ficar ali e olhar o mundo.

Apenas.

Nada se partiu. Foi um susto. Está lembrada do susto? Isso mesmo, então, para. Está decidido: foi o susto. Mas não precisa ficar com esse riso, olhando para o chão. Não precisa. Foi o susto. Enfim, não é fácil perceber que o mundo foi embora. Faz tão pouco tempo: o mundo estava aqui e desapareceu. Com tudo o que tinha dentro. Raquel, Ísis, Mariana. E também Madame Belinski e Melissa. É tão remoto pensar em Melissa. Ela aparecia tão pouco. E tão raramente. Essa sensação de espanto. De espanto e de dor. Paloma? Nada se de Paloma. Depois fica a ausência, a coisa partida.

Gato

Dobrou a esquina, estava tão distraída, e o gato pulou no peito, se enroscou no pescoço e fugiu. Faz tempo, tanto tempo, foi assim. Quando levantou a cabeça, o sangue sumindo das veias, viu: o mundo tinha ido embora. Pensou em tudo isso. E parou. O mundo foi embora, meu Deus. O susto, o medo, o desalento. Podia ter sumido de outra maneira, de outra forma mais calma, agora não tinha o que fazer. Por que foi acontecer isso? Por que foi acontecer uma coisa dessas?

    Sem alívio, ainda? Também não fique mais procurando o que se partiu, Camila. Se é verdade que se partiu. As meninas foram embora — antes de o mundo ir embora, sozinho, as meninas sumiram. Sentiu uma gastura, um medo. Sim, agora podia constatar mais do que ninguém: sentia medo e imprecisão. Talvez fosse isso mesmo: nada se partira, apenas se tornara impreciso. No entanto, alguma coisa aconteceu. Naquele instante em que ela se descobriu dormindo na sala da casa abandonada não tinha mais o que perguntar: aconteceu. Nem queria mais saber o que aconteceu. As coisas acontecem antes de acontecer. Por favor, sem riso, Camila. Não precisa. O quê? Não era justo, absolutamente. Devia se encostar na parede, a sala nua, só chão, paredes e teto, nem cadeiras, nem sofás, nem lâmpadas. A solidão áspera das paredes. E não havia sinal de presença em nenhum dos quartos, nos corredores, na casa inteira. Tinha se apartado do bando. Naquela hora percebeu que tinha se apartado do bando. Ninguém precisa explicar. Eu sei, eu sei, Camila. Ninguém precisa explicar.

Na Alegria e na Tristeza

Quando a gente fica só, assim atirada num canto, que é o mundo, pensa em tanta besteira, não é? Mas nada disso foi besteira para Raquel que desejou ter um corpo social, não um corpo solitário, pessoal, único. Isso foi o que ela não quis ser. E não é besteira. Queria não ter um corpo, meu Deus, eu queria não ter um corpo. Talvez ter um corpo d'água. Eu queria ser Camila, sempre quis ser Camila. Foi por isso que pensou num corpo? Coisa mais ridícula. Por causa de Raquel? Raquel tinha um corpo social, Ísis um corpo sensual, Mariana um corpo de ausência, Camila tem um corpo d'água. Ah, sim, gostava de Raquel, gostava muito de Raquel. E de Alvarenga, que desapareceu. Com corneta e tudo. E pronto.

Estou cansada. Ela percebe. Molha os braços na água do tanque. Molha-se no tanque, inteira. Engraçado, a água bate na pele e é morna, depois fica fria. Tira a roupa. Começa a lavar a própria roupa. Não é uma roupa qualquer. É o seu vestido, aquele vestido leve, suave, velhinho, desbotado, que lhe serve de roupa e de camisola e de proteção. Às vezes se descobre na rua olhando o vestido. Sentia tanta pena dele. Tão velhinho e ainda me fazendo companhia. Porque tomava banho com ele, para não mostrar as partes, para não ver as partes. Para se proteger. Cansada. Raquel? É Raquel? — se alojar numa pensão da zona só para comungar com todos os corpos, com o maior número possível de corpos, para que todos se sentissem amados — e não por causa desse amor carnal, nada disso, não era sexo, não era uma mera relação sexual, não era nada disso. Verdade. Era a comunhão de corpos que se solidarizam na alegria e na tristeza, na saúde e na doença, na paz e na guerra, dos que conhecem a aventura do mundo.

O corpo de Mariana, ausente. Tão triste e tão feliz. Ausente das andanças do mundo. Com vontade de viver, isso é verdade. Mas viver sem existir. Sem correr o risco da existência, que era uma coisa muito, muito complicada. Bastava ter um corpo e nem precisava existir. Não ia exigir tanto de si mesma. De forma alguma.

O Mundo na Estrada

Isso, sim, lhe dissera Raquel já toda entregue à missão, com a ajuda de Alvarenga, o gordo Alvarenga, uma espécie de anão, vestido de Papai Noel, para vender pente, cadarço e palito de fósforo, às vezes batendo o sino com a mão direita, às vezes tocando corneta, na companhia dos cachorros, sem perder Raquel de vista. Primeiro foi o sino, depois a corneta e os cachorros não prestaram para o serviço. Todas as vezes que ela subia as escadas da pensão para levar um freguês ao quarto, largava tudo, e também subia, tocando bem forte, para ela saber que ele estava ali, protetor. Já pensou um bando de cachorros subindo a escada da pensão? E latindo? Depois ela descia com um chocolate na mão, daquele de peixinho, enrolado num papel. Bastava ver o sorriso dele, pisando na ponta dos pés, fazendo força para tocar o chocolate com os dentes. Delícia de Raquel. Alvarenga foi embora. Alvarenga viu o mundo ir embora e não saiu do mundo. Sair do mundo é outra coisa, é outra coisa, é outra coisa. Bastava ver.

Então Camila anda de volta à carroça. Sem roupas. Molhada. Entra na carroça. Deita-se. Encolhe-se. Treme. O sol reverbera nas pedras. Ah, não, levantava-se. Deixa o vestido no tanque e caminha. Camila agora caminha. Empurra a carroça e caminha. Sozinha e abandonada. Sente. Vai subindo as ruas até alcançar a Avenida Manoel Borba, cheia de árvores, escura, apesar dos painéis, alguns deles luminosos. Nem queria saber de Leonardo, dormindo bêbado pelas calçadas, com aquela sandália havaiana, a roupa suja, a camisa abotoada até a gola, mangas compridas, abertas no pulso. E andando, andando sempre, sempre. Bêbado e sempre. Uma ruína de gente. Um estandarte de miséria. Alvarenga, não. Alvarenga foi embora, filho da puta. Se aproxima da casa. Camila se aproxima da casa. Estava de cabeça baixa e quando a levantou, cadê a casa? Ficou ali olhando e só olhando — os olhos sem mágoa, sem desencanto. Nem susto nem surpresa. Nada aconteceu. Tanto tempo perguntou o que foi que aconteceu, mas não aconteceu. Não aconteceu nada.

Precisava ouvir os homens batendo nos pregos e nas madeiras, nos tapumes. Ou não? As mãos na carroça. O vento frio secando o corpo nu, os cabelos, a sombra. Ausentava-se de si mesma. Assim parada. Não havia buzinas nem motores. Faz tempo estavam ali? Foi o que aconteceu? Perdera os farrapos e o pente. Barrada, para sempre, barrada, não podia entrar. E ela ali, exposta.

Expulsa do mundo. Em silêncio.

Sumindo

Os operários colocavam os últimos tapumes. Grandes tapumes nas ruínas. Batendo os pregos, com uma força regular, regularidade de ritmo constante e nem sempre ao mesmo tempo. Ouvia, sim, ouvia. Cada batida num prego. Cada uma. Isoladamente. Às vezes ouve pancadas desconformes. Uma batendo diferente da outra, ouvia. Uma seca, outra cheia, uma quebrada. Escutava cada batida num prego. Cada uma isoladamente. Ou o conjunto das batidas. Às vezes se alterando, se alternando, se alterando. Aprendera a distinguir cada barulho. Um a um. Parada. A mão na carroça e os olhos nos tapumes. Sumindo.

A casa também foi embora. Não ter nada no mundo é isso.

Havia silêncio para cada coisa — ela aprendeu muito cedo na vida. Silêncio para janela, silêncio para porta, silêncio para cadeados, silêncio para lixo, silêncio para silêncio. Silêncio. Sumindo, muito devagar, com os ventos, tudo muito devagar, lentamente. Afundando na noite, sempre afundando, a noite do Recife coberta pelo silêncio. Pelas ruínas. Pelo silêncio, pela noite, pelas ruínas trancadas. O silêncio do Recife parece se espalhar e escurecer. Porque nessa hora todo silêncio é escuro. Por isso é ainda mais silêncio. Todo esse silêncio do Recife. Um silêncio que naufraga, afunda, some. E com ele, as pessoas. E as pessoas vão entrando no silêncio, no Recife, e começam a sumir. As pessoas somem tragadas pelo silêncio. Bem devagar, muito devagar, elas somem. E pronto.

É assim que o mundo vai embora?

Águias

Tem que dormir no terreno ao lado da casa.

E ainda ouve as batidas secas do martelo. Nem mesmo teria jantar. Que palavra estranha. Sempre palavra. Palavras são águias, Camila, palavras são águias no caminho do ar. E, por cima, ainda procura um papelão, um pedaço que seja, para cobrir o corpo. Avista a sombra de um operário recortada na noite. Procura, paciente e lenta, um pedaço de papel para se cobrir. Cata papéis, restos de cigarros, palitos de fósforo. Um tijolo lhe servirá de travesseiro. Fala sozinha. É possível ver que os lábios se movem na solidão, resmungando qualquer coisa que não tenha raiva. Mais do que ouve, vê, e sente as marteladas. Senta-se nos despojos, nos detritos, nos restos. Sem Mariana, sem Raquel, sem Ísis. Eu pergunto e elas não respondem. Esqueceu Paloma? Paloma ficou menina.

Chamo, chamo, chamo, elas não escutam.

Move-se de um lado a outro, mais desejo do que força, e obedece ao sono que pesa nos olhos. Nos olhos e na face. Passa os dedos, o indicador e o polegar, do meio aos cantos dos lábios. Lembra um distante batom sem cor. A mão direita espalmada percorre o busto, o ventre, as coxas. Esteve tão inquieta, e agora tranquila, o corpo ali, procurando repouso nos restos de comida, nas pedras. Encontra a posição correta, a que pelo menos lhe agrada, sente o corpo arranhado, as coxas ainda mudam de lugar. Deita-se inteira. Afasta os calcanhares um do outro. Desfaz o incômodo das pernas. Tenta se encolher. Fecha os olhos. Sente o aroma da noite — jasmineiros, bogaris, buganvílias. Desdobra os joelhos, ainda mais lenta. Parece puxar o lençol. Ampara-se nos braços cruzados sobre os seios, pacificada, as pálpebras cerradas. A face repousa.

Aquieta-se.

Recife (Rosarinho), março de 2006 a fevereiro de 2009

Sobre Quarteto Áspero

Minha obra é uma experiência única, um só bloco, que se desenvolve através de temas, histórias, personagens e textos, entrecruzando-se. E, não raras vezes, se repetindo, embora de forma renovada. Proposital. Sempre proposital. Vem daí o meu interesse em realizar aqui um grande intratexto, na verdade um painel, um afresco, em torno daquilo que me parece fundamental. Reafirmando e reexaminando o meu pensamento criador. De forma que o leitor vai reencontrar, embora com funções diferentes, personagens e ações já realizadas em vários livros meus como *Maçã agreste*, *Somos pedras que se consomem*, *Sinfonia para vagabundos*, *O senhor dos sonhos*, *Os extremos do arco-íris* e *Viagem no ventre da baleia*. O delírio de Camila, na parte final do livro, "Ruínas", corresponde ao delírio do comissário Félix Gurgel, no capítulo derradeiro de *A dupla face do baralho*. Mas não é exatamente uma revisão da minha obra. De forma alguma. Repito: é um intratexto naquilo que considero de mais precioso. Aliás, tenho usado o intertexto, também com outros autores, a exemplo do que fiz em *Sinfonia para vagabundos*, *Somos pedras que se consomem* e *Os extremos do arco-íris*.

Um intertexto que vai além dos meus livros, entrecruza-se com Shakespeare, Joseph Conrad, Monteiro Lobato, Hermilo Borba Filho, Carlos Drummond de Andrade, Salomão, Jorge de Lima. E, é claro, uma retomada dessas situações para avançar na realização da obra geral. No conjunto. Afinal, todo autor escreve uma obra só. Ou deve. Este texto encerra o meu Quarteto Áspero, uma tetralogia que reúne os romances *Maçã agreste*, *Somos pedras que se consomem*, *O amor não tem bons sentimentos* e *A minha alma é irmã de Deus*. As frases: "Uma pessoa era uma comunidade inteira", "O que chamam de amor é o exílio", "Vizinhas em sussurros entram e saem" e "Uma pobre avezinha exausta", que abrem as partes narrativas do livro, são, pela ordem, de William Faulkner, Samuel Beckett, Emily Dickinson e Lawrence Durrell.

Este livro foi composto na tipologia Adobe Garamond,
em corpo 12/14,9, e impresso em papel off-white 90g/m²
no Sistema Cameron da Divisão Gráfica
da Distribuidora Record.